复旦大学中文系作家班

创办 30 周年（1989—2019）纪念

复旦大学中文系 高山流水文丛

顾问：陈思和 骆玉明　主编：陈引驰 梁永安

一个人的爱情

阿 婷◎著

上海文艺出版社
Shanghai Literature & Art Publishing House

总序

"五四"新文学运动一百年来的历史证明：新文学之所以能够朝气蓬勃、所向披靡，为中国社会的进步和发展作出了那么大的贡献，一个很重要的原因，就是它始终与青年的热烈情怀紧密连在一起，青年人的热情、纯洁、勇敢、爱憎分明以及想象力，都为文学创作提供了丰厚的资源——我说的文学创作资源，并非是指创作的材料或者生活经验，而是指一种主体性因素，诸如创作热情、主观意志、爱憎态度以及对人生不那么世故的认知方法。心灵不单纯的人很难创造出真正感动人的艺术作品。青年学生在清洁的校园里获得了人生的理想和勇往直前的战斗热情，才能在走出校园以后，置身于举世滔滔的浑浊社会仍然保持一个战士的敏感心态，敢于对污秽的生存环境进行不妥协的批判和抗争。文学说到底是人类精神纯洁性的象征，文学的理想是人类追求进步、战胜黑暗的无数人生理想中最明亮的一部分。校园、青春、诗歌、梦以及笑与泪……都是新文学史构成的基石。

我这么说，并非认为文学可能在校园里呈现出最美好的样态，如果从文学发生学的角度来看，校园可能是为文学创作主体性的成长提供了最好的精神准备。在复旦大学百余年的历史中，有两个时期对文学史的贡献是不可忽略的：一个是在抗战时期的重庆北碚，大批青年诗人在胡风主编的《七月》上发表个性鲜明的诗歌，绿原、曾卓、邹荻帆、冀汸……形成了后来被称作"七月诗派"的核心力量；这个学校给予青年诗人们精神人格力量的凝聚与另外一个学校即西南联大对学生形成的现代诗歌风格的凝聚，构成了战时诗坛一对闪闪发光的双子星座。还有一个时期就是上世纪70年代后期，复旦大学中文系设立了文学创作与文学评论两个专业，直到1977年恢复高考的时候，依然是以这两个专业方向来进行招生，吸引了一大批怀着文学梦想的青年才俊进入复旦。当时校园里不仅产生了对文学史留下深刻印痕的"伤痕文学"，而且在复旦诗社、校园话剧以及学生文学社团的活动中培养了一批文学积极分子，他们离开校园后，都走上了极不平凡的人生道路，无论是人海浮沉，还是漂泊他乡异国，他们对文学理想的追求与实践，始终发挥着持久的正能量。74级的校友梁晓声，77级的校友卢新华、张锐、张胜友（已故）、王兆军、胡平、李辉等等，都是一时之选，直到新世纪还在孜孜履行文学的责任。他们严肃的人生道路与文学道路，与他们的前辈"七月诗派"的受难精神，正好构成不同历史背景的文学呼应。

接下来就可以说到复旦作家班的创办和建设了。上世纪八九十年代之交，复旦大学受教育部的委托，连续办了三届作家班。最初是从北京中国作协鲁迅文学院接手了第一届作家班的学员，正如《复旦大学中文系"高山流水"文丛》策划书所说的，当时学员们见证了历史的伤痛，感受了时代的沧桑，是在痛苦和反思的主体精神驱使下，步入体制化的文学教育殿堂，传承"五四"文学的薪火。当时骆玉明、梁永安和我都是青年教师，永安是作家班的具体创办者，我和玉明只担任了若干课程，还有杨竟人等很多老师都为作家班上过课。其实我觉得上什么课不太重要，我已经完全忘记了当初的讲课情况，学员们可能也忘了课堂所学的内容，但是师生之间某种若隐若现的精神联系始终存在着。永安、玉明他们与作家班学员的联系，可能比我要多一些；我在其间，只是为他们个别学员的创作写过一些推介文字。而学员们在以后的发展道路上，也多次回报母校，给中文系学科建设以帮助。

三十年过去了。今年是第一届作家班入校三十周年（1989—2019）。为了纪念，作家班学员与中文系一起策划了这套《文丛》，向母校展示他们毕业以后的创作实绩。虽然有煌煌十六册大书，仍然只是他们全部创作的一小部分。因为时间关系，我来不及细读这些出版在即的精美作品，但望着堆在书桌上一叠叠厚厚的清样，心中的感动还是油然而生。三十年对一个人的生命历程而言，不是一个短距离，他们用文字认真记录了自己的生命痕迹，脚印里渗透了浓浓的复旦精神。我想就此谈两点感动。

其一，三十年过去了，作家们几乎都踏踏实实地站在生活的前沿，在商品经济大潮的呼啸中，浮沉自有不同，但是他们都没有离开实在的中国社会生活，很多作家坚持在遥远的边远地区，有的在黑龙江、内蒙古和大西北写出了丰富的作品，有的活跃在广西、湖南等南方地区，他们的写作对当下文坛产生了强大的冲击力；即使出国在外的作家们，也没有为了生活而沉沦，不忘文学与梦想，是他们的基本生活态度。他们有些已经成为当代世界华文文学领域的优秀代表。老杜有诗："同学少年多不贱，五陵衣马自轻肥。"这句话本来是指人生事业的亨达，而我想改其意而用之：我们所面对的复旦作家班高山流水般的文学成就，足以证明作家们的精神世界是何等的"轻裘肥马"，独特而饱满。

其二，三十年过去了，当代文学的生态也发生了沧桑之变。上世纪90年代以来，文学已经从80年代的神坛上被请了下来，迅速走向边缘；紧接着新世纪的中国很快进入网络时代，各种新媒体文学应运而生，形式上更加靠拢通俗市场上的流行读物。这种文学的大趋势对"五四"新文学传统不能不构成严重挑战，对于文学如何保持足够的精神力量，也是一个重大考验。然而这套《文丛》的创作，无论是诗歌、散文还是小说，依然坚持了严肃的生活态度和文学道路。我读了其中的几部作品，知音之感久久缠盘在心间。我想引用已故的作家班学员东荡子（吴波）的一段遗言，祭作我们共同的文学理想：

> 人类的文明保护着人类，使人类少受各种压迫和折磨，人类就要不断创造文明，维护并完整文明，健康人类精神，不断消除人类的黑暗，寻求达到自身的完整性。它要抵抗或要消除的是人类生存环境中可能有的各种不利因素——它包括自然的、人为的身体和精神中纠缠的各种痛苦和灾难，他们都是人类的黑暗，人类必须与黑暗作斗争，这是人类文明的要求，也是人类精神的愿望。

我曾把这位天才诗人的文章念给一个朋友听，朋友听了以后发表感想，说这文章的意思有点重复，讲人类要消除黑暗，讲一遍就可以了，用不着反复来讲。我不同意他的观点，我说，讲一遍怎么够？人类面对那么多的黑暗现象，老的黑暗还没有消除，新的黑暗又接踵而来，人类只有不停地提醒自己，反复地记住要消除黑暗，与黑暗力量做斗争，至少也不要与黑暗同流合污，尤其是来自人类自身的黑暗，稍不小心，人类就会迷失理性，陷入自身的黑暗与愚昧之中。东荡子因为看到黑暗现象太多了，他才要反反复复地强调；只有心底如此透明的诗人，才会不甘同流合污，早早地离开了这个世界。

我之所以要引用并且推荐东荡子的话，是因为我在这段话里嗅出了我们的前辈校友"七月派"诗人中高贵的精神脉搏，也感受到梁晓声等校友们始终坚持的文学创作态度，由此我似乎看到了高山流水的精神渊源，希望这种源流能够在曲折和反复中倔强、坚定地奔腾下去，作为复旦校园对当今文坛的一种特殊的贡献。

复旦大学作家班的精神还在校园里蔓延。从2009年起，复旦大学中文系建立了全国第一个MFA的专业硕士学位点。到今年也已经有整整十届了，培养了一大批年轻的优秀写作人才。听说今年下半年，这个硕士点也要举办一系列的纪念活动。我想说的是，作家们的年龄可以越来越轻，我们所置身的时代生活也可以越来越新，但是作为新文学的理想及其精神源流，作为弥漫在复旦校园中的文学精神，则是不会改变也不应该改变，它将一如既往地发出战士的呐喊，为消除人类的黑暗作出自己的贡献。

写到这里，我的这篇序文似乎也可以结束了。但是我的情绪还远远没有平息下来，我想再抄录一段东荡子的诗，作为我与亲爱的作家班学员的共勉：

> 如果人类，人类真的能够学习野地里的植物
> 守住贞操、道德和为人的品格，即便是守住
> 一生的孤独，犹如植物

在寂寞地生长、开花、舞蹈于风雨中
当它死去,也不离开它的根本
它的果实却被酿成美酒,得到很好的储存
它的芳香飘到了千里之外,永不散去
停留在一切美的中心

(引自《停留在一切美的中心》)

2019 年 7 月 12 日写于海上鱼焦了斋

序

骆玉明

我喜欢在诗里读到熟悉的寻常的事物，因为那比较可信。譬如池塘春草，远山秋月，雨中凋萎的杏花，原野上失群的牛羊，这些我都知道，我都见过。当然在陌生的地方也有怪诞的物类，但写到诗里，我觉得那不是给我看的。

我也喜欢在诗里读到平常的语言，因为那比较亲切。譬如她告诉我家乡的河瘦了，老母亲也瘦了；又告诉我阳台上种着一盆红辣椒，墙角的蛛网上留着一滴水珠，阳光斜照进来，它们都会跳舞。这些我都明白，你一说我就看得见。有人喜欢写扭曲妖异的句子，那可能也是好的，但我觉得那跟我隔得很远，好像从另外一个世界传来奇怪而模糊的声音。

如果诗人诚恳而敏感，她用平易的话说寻常的事物，写成了诗，就会打动我们。

天地生人，性灵有光，这光如风摇漾于山河，使绿欢喜，使红妖娆，使我们看见自己无名的忧伤，就像冯延巳说"独立小桥风满袖"。

阿婷的诗集，名为《一个人的爱情》，卷首引帕斯长诗《太阳石》中的句子："如果两个人亲吻，世界就会变样。"

这是阿婷的世界，因为爱情而风光绮丽。它像一个长卷，慢慢打开，有山阴道的景色。阿婷是山阴人，生长于鉴湖边。

鉴湖也叫镜湖，从来是诗人的梦乡；在这梦乡里必有越女。

李白说："我欲因之梦吴越，一夜飞度镜湖月。"杜甫说："越女天下白，鉴湖五月凉。"

我对阿婷的故事知道得很少，只是在读她的诗的时候，隐隐看见古人梦乡中的鉴湖和越女。她们的歌子声音温柔，语言清纯，但是无所畏惧，有热烈的心情，就像阿婷诗里所写的：

　　紫色的小小花朵　清郁而朴实
　　沐着晚霞　在风中独吟

如果两个人亲吻,世界就会变样。

——帕斯《太阳石》

目录 | Contents

第一辑：梦

　　第一部　梦临　重逢　_2

　　第二部　入梦　触摸灵魂　_22

　　第三部　梦醒　灵魂之歌　_65

　　第四部　别梦　一个人的爱情　_82

第二辑：雪是一朵花

　　爱你　_88

　　沉默呢　_89

　　春天　雨　诗　_90

　　错过季节意味什么　_92

　　地铁站　_93

　　光中行走　_94

我和少年　_ 95

我混迹在这队伍里　_ 97

我美好的心愿　_ 98

我向河诉说忧伤　_ 99

我坐着静思默想　_ 100

乌镇归来　_ 101

无题　_ 102

活着　_ 103

下午的咖啡　_ 104

看海　_ 105

我的小生菜　_ 106

雪　_ 108

雪是一朵花　_ 109

我和一棵树　_ 110

一棵红薯　_ 111

做一个平凡的人　_ 112

阴谋　_ 113

有多少往事无力翻动　_ 114

最后一刻　_ 115

标志　_ 116

照见　_ 118

支点　_ 119

迷恋　_ 121

你将来临 _ 122

你要什么 _ 123

还不够吗 _ 124

怒放（外一首） _ 125

女儿红 _ 128

枇杷 _ 129

倾诉 _ 130

一辆救护车开过 _ 131

情人节 _ 132

诗 _ 134

书房 _ 135

抒情 _ 136

谁在捡拾我的花瓣 _ 137

水 _ 139

天气预报 _ 140

为什么 _ 141

我 _ 142

我还纠结什么 _ 144

等你 _ 145

断桥已断 _ 147

倾听 _ 148

天空 _ 149

咸 _ 150

第三辑：如云倒映在你的水中

　　姐姐　_152

　　等　_154

　　笛声　_156

　　渡（外一首）　_157

　　湖　_160

　　绝唱　_162

　　浪漫场景　_164

　　修　_166

　　五月　_168

　　鱼及一片燕麦饼干　_170

　　最后的马祖卡舞曲　_172

　　誓言　_174

　　如斯　_176

　　爱的泥沼　_180

　　爱情午后　_184

　　雨滴　_186

　　别　_188

　　放下　_190

　　我在大楼的阳台（三首）　_192

　　我还奢望什么　_195

　　风和草　_197

　　鼓浪屿（外一首）　_199

美丽的圆寂 _ 201

又见周庄 _ 203

忧愁（外一首） _ 205

雨遇 _ 207

再无觅处 _ 208

我的心思 _ 210

迷茫 _ 212

面具 _ 213

苹果 _ 215

亲爱的，你是我爱情般的信仰 _ 217

如云倒映在你水的天空 _ 219

如何 _ 221

走出爱情 _ 224

谁能说真的爱过 _ 226

第四辑：宝贝

远方有多远 _ 228

你逃无可逃 _ 231

你准备好了吗 _ 234

宝贝 _ 237

第五辑：我的老母亲她坐在鉴湖边等我

我的老母亲她坐在鉴湖边等我 _ 242

春天的诗（四首） _ 244

故乡（三首） _ 249

给父亲 _ 254

想念鉴湖 _ 256

万绿湖（外一首）_ 258

爆米花 _ 261

我忘了 _ 263

七仙女（七首）_ 265

太阳雪 _ 275

星星索 _ 277

第六辑：给你的诗

给—— _ 280

牵着小女孩 _ 281

给你的诗 _ 283

别 _ 284

走了 _ 285

陷阱 _ 286

给你 _ 287

夏日偶拾 _ 289

七月 _ 291

梅雨季节 _ 293

爱人你站在高高的山峰 _ 295

秋天来临 _ 297

断枝 _ 299

明天 _ 300

三月梨花 _ 302

秋意 _ 304

沃拉斯达的歌 _ 306

追踪蓝色 _ 308

水 _310

这年夏季 _313

冬天来临 _315

冬天 _316

达芙奈 _317

菊花 _319

花楸树 _321

后记 _323

第一辑

梦

第一部　梦临　重逢

一

爱人，你是静夜里一缕兰芷的幽香
翻越时间的阡陌
来到我的梦中

被虫蚁噬咬　我在梦中呻吟
惊醒　一轮圆月
倾泻乳白的爱意

仰躺在想你的怀里　我的眼是一张清澈的网
收罗你的点点滴滴　填充我已空灵的心
爱人，我的记忆已被岁月和伤痛
掏空　华丽的外表掩映在伪装的笑容里
但我不会再松开双手　一如
海难时的逃生

你还会离开我吗
抑或　等我熟睡之际

像漂浮在水面的烛灯
将爱情放飞

思念是头顶的时钟在深夜敲响
就像孤独在黎明唤我醒来
亲爱的，自从你再次走入我的梦中
黑夜常常和白天一起来临
有一种快乐的疼痛
如花开在我的心中

二

子夜　灯盏如豆
我看见月光　正
流进你的窗户
你目光如幽　被
梦中舞蹈的兰芷缠绕

月光和着泪光　像
聚光灯　黑色的帷幕徐徐拉开
众神惊艳　我看见
奥林匹斯山上
厄洛斯又一次握住了欲望的金苹果
赌局诞生

但你依然旁若无神
在子夜向我款款伸来双手

拥住我　爱人
揽起我的柔肢和渴望
一起舞蹈
你的耳语如一条空中的丝线
"我再不会让你从我心中溜走"
将我整个身体旋转起来

任由你的引领　爱人
我追随你回到被岁月遗忘的旧地

如果　神灵的赌注已下
如果　梦会在黎明时回归天堂

亲爱的　我会用爱留住你
直到来世

三

爱中，我是一只快乐的小鸟
雀跃中忘记稳重和思考
忘记也许会有飓风横扫花园

将梦醒定在来世　我们
沉湎于诺言
用甜言和梦语做桥
架在今生和来世的途中

日子如一根纤纤细绳上晾晒的咸鱼
被我们精心呵护
然后当作余生里下饭的菜肴

当爱凝成一串串文字
被我们提在手指中时
人生便不再企盼长久

四

爱人　我终于明白
你执意领我回到过去
拣拾被我丢失记忆的原因
你要将过去当成今天的起点
把今天和昨天我们失足的坑
用回忆填平　然后
栽种来世的绿荫

今天　我们拥有回忆的快乐
而人生还有明天要走

明天里我们有来世的情缘需要修炼
长长的日子
任由思念的网缠绕每一分钟
愿上帝
再次降我们来世相遇的福祉
带着各自的饰物
我们可以彼此寻找

五

坐在漆黑的夜晚　我等待你的来临
等待含羞草结荚的喜悦
等待黑夜仙子在天空舞蹈
撒落成串你的消息

我将把看星星当作梦呓
当作对你的撒娇
把泪水当作温柔　牵引起
你的全部爱意

选择一个有风的日子
我要你带我飞出窗外

爱人　我爱田野的清新　爱
山涧的流水　爱自然

我的灵魂在黑夜里与你一起游荡

如凤凰飞过丛林
飞过往事的伤痛
在火中涅槃

爱人　黑夜里
你是我的星星
我要听你一边边地耳语
"梦中人　我将拥你入怀"

六

如果世界充满了爱　如果
玫瑰不分颜色
爱人　我们不需要
用誓言装饰沿途的风景
不需要多余的语言
传递声音

我们只需芳草作伴
用它柔软的叶憩息我们疲惫的双脚
沿着清澈的水流
我会把心意说给鱼儿的精灵
让风吹皱的波纹　传达

我的信念　不屈的爱意

而如果　上帝
故意要考验你的意志
在我们的路上安置屏障
或者让斗士的利剑插到你的脚前
爱人　我会是流水的坚忍和从容
随时为你停住脚步
让爱驻足

只要能和你一起到达来世
我愿意
明天的梦很残酷
甚至会沉入流血的疼痛

如果　你真的决心已定

七

爱人　当我的诗歌不再是秘密
我的心事便是一面你眼前打开的镜子
无法躲闪

你会如何述说我透明的心事

求你不要用沉默作回应
我也无需刻意隐瞒
告诉你只需以诗歌看待

而即使你能回赠给我另一面镜子
我也只能把你锁在密码里
暗自享受

爱人　自从我的心事告诉你
忧伤已开始缠绕我
你如同一颗种子在我心里抽芽
成长在我的血脉里
成为我的全部牵挂和企盼

但我不能改变　你不羁的性格
黑熊一样的脾性和自由
这是我爱你的理由
我不能要求　你能如我的渴望一样
长相厮守　让每一份心跳
只围绕你

我只能用看花朵的眼神和心情
凝视　你
在另一片天空

八

你的沉默是一种暗示吗　爱人
你在告诉我临近黑夜　等待的
无望　或者
往日轻松的消逝

我们会以何种方式相见

如果在众神面前
我的眼神裸露如灯
追寻你如向北的磁场

你会如何迎接我　在
众神面前

我知道你不经意流露的秘密
如何被众神吟唱
而如果这个秘密中的人儿是我

也许你的沉默只是代表无言
被我逼迫　你
因无法躲闪而紧闭嘴唇

我游泳在你的沉默里
要以劳累麻醉醒着的灵魂

用沉睡前的虚弱　掬住
梦的幻影

知道吗　爱人
我已不能承受你片刻的沉默

九

去哪寻找通往将来的幽径
如果今天不属于我们

踏着深秋的朝露　当
你的足迹再次迈入旧地
寻找遗落生根的往事
我看见一只鸟儿衔草
在　菩提树上筑巢
我看见　你的身影
穿越往日　任记忆重新
显影后定影——

那是个巨大的空间
有小路逶迤　以及
熟悉的芳草　引领你记忆的脚步
有风在耳语　播放逝去的话语
爱人　你可曾感受到

你青春的手
第一次揽起我肩时的心跳

太阳挂在你的头顶
如一颗燃烧着的心
在密集的树枝闪出万道红光

爱人　我看见
涌动的树枝在我心里再次摇曳
我的心和你一起在记忆中融化
变成飘飞的银光
飞越时空……

十

感动在诗歌的诵唱里　爱人
你的声音从秋虫的唧啾里响起
你用王子的方式　向我
郑重宣布——
即使来世我变成一个丑女
你也要娶我为妻

你把赌注下在来世
用今生最大的诚意和热情

把来世的婚求在今天
你要把来世的拥有
当作今天的支柱
把来世的爱　透支给今生
用今世的另一份承诺　拉近
昨日和来世的距离

拥有来世你便拥有今生的希望啊

但是爱人　我要如何回答
才是你的安慰
如果上帝真的垂顾我
让你在来世找到我
我更想和你好好地相爱
弥补今世的不足
……

十一

爱人　天色将晚
你还在哪里游荡

你要如何像守林人　守住
我　看我幸福快乐地生活
将因被我的善良误解　抑或

想入非非者　阻挡
在伤害我的城堡外面

我在与天空的对视中
阅读你　为我们写诗
看着天空那紫色的帷幕　圈住
人子们诱人的相聚
爱人　我看见
窗台上无数颗朝天跳舞的小辣椒
一起呼唤你的名字
我听见　按门铃的手
越过天空
……

天色已晚　《诗经》里的人都在说：
"鸡栖于埘，日之夕矣，羊牛下来"
此刻　你还在哪儿游荡

十二

三月　我站在春天的花神面前
和你相遇

七月　石榴已挂满枝头

落在我的手里

我在石榴透明的籽里　想你
想你会如何接住我的愿望
为我挤出那注酸甜的汁

爱人　可以任性
是你先期为我开出的支票
在隐藏起生命的企盼后
你会任由我在你宽宽的怀中挥霍
当我再一次读懂你的心愿
我的泪水不再是为你担忧　而是
心疼和喜悦

我再不会轻易说出
给予弱者的慰藉
只用我细腻的感受　来诠释
你快乐的源泉

我们要将所有无望的
弃之于目光和呼吸之外
弃之在今生不懈努力的身后

别说话　爱人
让我听着歌儿这样静静地想你

十三

关闭所有的灯光　爱人
今夜　让我们在月下静静地相望
看香百合领起众花仙子
只为我们舞蹈

静默时　你只需穿越九月的领地
用手中的旗帜　荡起田垄爱的企盼
我会在树荫的背后　看
日神引领你走向生命的高地
在金秋又一轮日出之时
送上我深情的目光

我会掬起你站的山顶流淌下来的清水
洗濯等待的疲惫　用草尖的精神
守望你　一次次向我款款走来
揽起我的双肩　你要
拥住　不！你要紧紧地抱住
我因喜悦而晕眩的身体
直到我融化在泪水里的笑靥　再次
清澈如水珠下的初荷

爱人啊
今晚　我的任性是
成为鱼缸里精灵一样的小鱼儿

游弋在你深情的目光里
然后　随着香百合舞蹈的节拍
相拥入梦

十四

早晨　我拣拾花的果实
如拣拾对你的回忆　我将果实小心地
握在手心　藏进口袋

爱人　花园里月桂正在飘香
还有紫薇　已踮起了花朵的脚尖
晨曦微露　有风送来你昨夜道别的声音
我手执狗尾巴草漫步小径
等待　你送来早安的问候
等待　你告诉我昨晚的梦境
或者无眠时的相思

我拣拾你的碎片　在时间的长河里
清洗被岁月模糊了的痕迹
爱人　我如何去寻找
失踪的那段往事　那
只属于你自己的许多故事
不管我会在这个窗口看到什么
我都想要　然后

把你拼完整　收藏进我的文件夹
慢慢阅读

但我知道　你不会轻意向我述说
你正在刻意埋藏的往事　而只给我
执着的企盼　踏实的亲情和爱情
你不会让我看到沧桑的心　而
只让我看到你经历过沧桑的脸
我只能像个窥视者
在你不经意间　在这样的等待时刻
猜测你走过的历程

但是　爱人
在我眼里它们都是我手中
美丽的果实　就像
你遥遥送来的早安声
一样珍贵

十五

为什么爱着但我仍感到忧伤　爱人
今晚我在酒韵里　让忧伤蔓延
在酒韵里和你相聚　细语
像打开的手电筒　寻找
往日的感觉　我用

这种方式　在今晚
对你沉默　向你表示
又一次和解

在晕眩的幻觉中　我任
无法控制的泪水　和忧伤共舞
将你高高举过向往的头顶
放置在未加开垦的荒地
然后　让你在远处独舞
这是一种残忍　对于爱者
我要尝试以这种方式　对爱自戮
抵挡一次次袭来的无奈
看是否有勇气
为爱挺身而出

今晚　我将在自戮的血液里
倾听心沉郁的跳动声　那一串
不再属于我牵引的顽皮童子
如一列长长的火车　开进
漆黑的隧道　与忧伤互吻
忘记　或者
静看你在我的沉默中幻化各种猜测的影子

我知道　你爱我远胜于自己
但我们仍需　在众人面前
如行走的两只脚印　不能重叠
甚至　不能晾晒梦境

而只能企盼　相望　相思
到老

十六

伫立在太阳的面前　任你的手
划过深秋的凉意　安抚我的头发和背
任太阳的温暖慰藉我独处的灵魂

伫立在太阳底下　我任心
与阳光对话　在倾诉的轻松中
获取你的讯息　炫耀
给众灵　我以爱者的身份
默视　远处芦苇对海的沉默
以及蝴蝶双飞的结局

我倾听　树根对树枝的愫语
领悟　树枝抵挡风的诱惑
在叶子被风轻抚的摇动里
诵唱根因爱而若无其事

但是　爱人
我无法对你的一切若无其事

我在十六的月光下

坐在花园的凉椅里　想象
你远方游荡的身影
想像你石凳上坐成雕像　被
头顶的月亮凝望
"闻道欲来相问讯
西楼望月几回圆"

无人知道我望月的情思
就像你在众神面前的掩饰
我不知道　你
那被诗句烫熨过的心　是否
还留有旧伤的疤痕　是否
还会在潮湿的天气里隐隐作痛

但我记着你的诺言了　你说过
下辈子　你要
给我一颗没有伤痛的心

第二部　入梦　触摸灵魂

十七

告诉我　深秋里田野的颜色
告诉我　你的窗外是否还可看见
那片阡陌　那个山峦

"田野里现在正是金黄一片
稻子越来越走近人子的欲望"

爱人　你可知道我的向往
我想——
天天陶醉在那片金黄或者绿色之中

"那就下辈子去做农场主太太吧
我们还可以养几头奶牛"

亲爱的　我还要一个花园一片草莓……
每天系着围裙提着罗敷采茶的漂亮篮子

采摘果实和花朵

我要一个任我奔跑的庄园
爱人　放飞我今生的梦想
然后——
天天挽着你的臂膀　枕着你
宽厚的胸膛　躲进你的树荫
像一朵执着的喇叭花　缠着你
如脚下的泥土　粘住你

在有月的夜晚　我们
乘坐泰戈尔在孟加拉河上的船只
阅读今生的诗篇

爱人　那个时候
月亮和太阳都是我们的
……

十八

爱人　没有你的消息时
等待　是一团燃烧的火　烧烤着
如时钟般敲击的心声　各种猜测
如群蚁噬咬我的各条神经

爱人　即使我深信你的爱
但我仍无法若无其事
我最后的防线　还是沉默
用沉默对抗你的用意和我的理智
用沉默　对峙最后的结果
虚弱那份高昂的骄傲

尽管　打破沉默的人最终是我

时间总是流失在等待之中　而我
只有一天　一天的时间可以全部想你
但我的愿望依然放飞在鸽子的翅膀
只有风吹动窗帘的静默　还有
远处稚童的琴声陪伴我

你在哪里　爱人
你在做什么

你走失在寻找遗失的那个讯息中了吗

我知道　你在远处凝视我
而我　在爱
和为爱的书籍中　徘徊

我想知道你现在的样子　但
也许我只有放过你　真的放过你

起码还能拯救你

十九

在山径的跋涉里　憩息
我仰躺在天空的蔚蓝里　幻想
你从海的边缘走来　手执
千年的海螺　那串来自天堂的
乐曲　缠绕山林
成岚　将我高高抬起

爱人　今天你是世上最吸引我的王子
多情而温柔　在我闭目后
如幻影围绕我　如那缕秋风中的
桂香　让我陶醉
我拉住你的衣角　梦呓
——我是否已在爱里迷失了自己
像怅惘的鸟　在树枝里盘旋
任那一棵棵秋日里闪光的小果实
萌发大胆的梦
跳向泥土

爱人　看见了吗
水草也将梦托出了水面
而我　已在写第十九首诗

十九个小秘密　如
十九朵蓝色妖姬　在
我的梦幻里开放　并吸引
你的向往　一次次翻越
有众灵把守的山崖

但是站着别动　爱人啊
目送我的背影　你才能
得到梦回眸的笑容

二十

黎明时分我来到渺茫的海边
看时间的细沙在水中舞蹈
那被海水冲刷　被爱情分裂的白色贝壳
沉落在水的边缘被细沙埋藏

我漫步在爱的海滩　寻找
等待中海浪在地心的凝聚　或者
暴发的海啸　如何吞噬
跳动的心

海岸很长　我的脚印很浅
消失在秋天白露的寒意中
成为海的梦中之景

我的目光迷茫　背影

被晨曦挽留　成

昨夜的雕像

怅然中　沉默不再是对峙

不是忧伤　而是领悟和目送

海鸥的远翔　又一次理解和信任

或者是新的　等待

又一轮爱的浪潮　从

你的心底流泻而出

爱人　此刻我将一夜的无眠

凝成这首诗　又一个梦

等待你来揭秘

二十一

我已将夜晚的梦呓　搬到了清晨

在聆听窗台上晨鸟雀跃的歌声中

在含羞草淡紫色的温柔中

在　月季热烈的表达中

展开我一天梦的回味

站在阳台　我用

果实一样饱满的心情　与花朵

相望　将目光远眺

给匆匆行走在晨曦中的行人　道一声早安
我向第一缕深秋的阳光　致谢
给我　温暖柔和的拥抱
……

爱人　这一切都因为
昨夜的好梦　因为
梦中你的亲吻　你
温暖的双臂

我陶醉在走近心灵的美丽之中
希望远离尘世　躲进梦的绿荫
永远

二十二

爱人　我的诗歌突然被忧伤堵塞
那拥挤着的思绪　如春天里的芒果花
挂满我回家的路途

盯着脚尖　行走在熙攘的人群
将踯躅的身影融入麻木的车流
在南方勒杜鹃灿烂的笑容里　我把
梦的神秘公诸于众　爱人
我以退为进　将一次次

懂你　用沉默作盾

握在手心

在梦的边缘　我看见自己的影子

已被迷茫拉长　成

藤蔓　缠绕着你

梦分裂　梦在黄昏分裂为

五色花　像女妖

挥舞在我的时空

我放飞你今晚　连同子夜前那声晚安

像放飞鸽子　看羽翼在向西的空中

在从梦的黎明处弥散

那样执着　不管你

用什么方式慰抚　都

那样坚决

爱人　我用自己的意志

砌起壁垒　用泪水

为梦重新寻找一个方位　那

也许只能属于我的梦

用诗歌　孤独　时间　甚至生命

谱写　也许

你难以理解的篇章

以此　告慰我的爱

二十三

不只为那个字　爱人
我们要在前世的旅途　为彼此
盖衣　或者互埋
当我的生命完全跟随心跳动时
我已是大海里一条无舵的船只
任由你的方向随波

而如果你能看到　我的脸
已和天空的颜色融为一体　有无数
彩色的云朵飘浮在我的眼睛
爱人——
你会沉醉在我的眼眸和笑靥里
不能自拔　就像
我陶醉于　你穿行稻田的身影

爱人　午夜里
我就这样躲在你的梦里
将你遥远的气息　吸入
我思念的杯里
一次次冲饮

在你每天走过的脚印旁边
我就像个路边的幽灵　用

爱的丝线将我们缚在千层茧里
……

二十四

你感觉到了吗　我已无法将你藏在心底
而是放在我所有触手可及的地方
目光可以触及的任何一个方向
爱人　你就像早上公园里的景物
当我睁开双眼　你就向我满目
满鼻飘过来　让我撑开双臂
扑向你的怀里
当我凝视一棵浅土里的花
一片十月里瘦弱的荔枝树叶
我都能听到一种声音　看到一个
眼眸　一个爱的动人故事
就像感动你的那朵神秘的黄玫瑰
爱人　万物因我们的爱而复活
因我们的凝视而美得无与伦比

二十五

爱人　想你的时候

你是一片天空　飘满云朵和彩虹
有雁群列队　来回行走于
梦的花枝　你的细语如春雨
落在我仰视的双睑
滋生一波波牵挂的叶芽

等你的时候　你是静夜
有星星在梦里闪烁　有上帝
温馨的手慰抚我的企盼　将
你的灵魂牵到我的身旁　有
一指手印　如灯塔
照亮天明

爱人　月夜里
你仍是个辛勤的园丁
提壶在天空的花圃里
而我是又一朵开放的兰芷
在　静谧的夜里
等待你的爱护和拥抱

二十六

初冬的阳光如纸亮在我的窗台时
爱人　你又一次从幻影里走下来
在闪烁的灵念里　我闭上眼

看你带来
触手可及的向往

田野里稻子已经入仓
我拉着你温暖的手
十指相缠　穿行在
空越的阡陌　爱人
我们目光所及　是
一串串重生的种子　在泥土
和河流的深处蠢动
我用倔强的信念　默祷
能永远感受你深切的爱意　一如
双手牵引的真实　以及目光
在对视中交会的感动

千万次的幻想　如呷杯中酒
我沉醉在意蕴里不能自拔
独处时揣起孤独的另一杯酒
消化你的每一句话每一个字每一缕思绪
不敢回头和远眺啊　爱人
怕你成为幻影如风飘走
紧紧拽住　紧紧拽住你的心
我要　像牵牛花拽住泥土和篱笆
开放紫色的喜悦　爱人
我要好好地爱一次　你感受到了吗
我在真实地爱着
释放一生的热情　奔腾

全身的血液　直到
你不再是幻觉　伸开
双臂将我紧紧地搂在怀里

二十七

被岁月磨砺　我们像两颗
杯中燃烧的烛灯
在欲望的酒吧里　在我静静的注视里跳动
像星星挂在天空　用醇香的酒韵
陶醉各自的幻影　爱人
在为你酌满一杯苹果酒的同时
我为你点了你最喜欢的歌
然后踩着不变的步伐　配合你的到来
今晚　我要你感知无法预知的世界

燃起烟火　我安坐在酒吧的角落
用烟云隔离众神
暗自　与你对酌
将对你深刻的思念
你在荒野独舞的怜惜　和着
苹果汁　酒精　爆米花
轻轻饮下

子夜如火把　照彻初冬河边的垂柳

我知道你已拥起了梦中之人

而我　还是截留了那句从心底涌上
你最爱听的话语
含在嘴里分辨甜和苦涩
分辨　梦和真实之间的距离

我在借着舞台起舞　爱人
借着迷离的聚光灯　缠绵的旋律
吸引你走出荒野
等待上帝安抚

二十八

夜雨如愁　淋湿黑暗中徘徊的月亮
淋湿月季娇嫩的花瓣
爱人　我的心彻夜随雨跳动
从一条河流淌到另一片礁地
寻找你的踪影　那声隐匿在《雨滴》中的问候
降温了　亲爱的
冷空气越过屋顶和树丛　在
窗玻璃迷茫晨鸟的视线
迷茫我站在窗后怅望的身影
寒意中我伸出双手　接住
多年前从意大利的马略尔岛上飘来的雨滴

回想

冬日与你踯躅树林的情景　想我那双冰冷的小手

风中舞蹈的真实愿望

降温了　爱人

走入细雨的晨风中　你的衣衫和裤兜

是否也已装满忧伤

二十九

爱人　我坐在初冬的寒风中

沐着温凉的细雨眺望

你指引给我的橘黄色城堡

我随同河中的倒影　将

向往凝固在石凳　那也许

是你望月时屏息而坐的地方

长久没有移动

我对风说了些什么吗

雨滴飘进我粉色的伞

有一双　由温热而冷的手贴住脸颊

我沿着甬道　沿着你走过的足迹

开始雨丝般缠绵的幻想

幻化成蝶儿轻逸的翅膀

幻化成你窗台上众花的精灵

甚至一缕树枝深处龟裂的气息

而爱人　我不会告诉你
我款款的笑语里隐藏的忧伤
那被上帝的光辉燃起的愿望和妒忌
像针刺疼痛在心里的感受
我不会让你知道　对你深情的注视里
还有狡黠的引诱
那团跃入大海与你同归的火球
已埋在你的脚边

雨中徘徊　我的目光回旋在
冷艳的天空那片忤人的灰暗中
爱人　天色黯然
世界只有橘黄一种颜色亮在我的天空

三十

驮着沉重的壳　你说
寄居蟹才亮在孩子的海滩
而你和寄居蟹一样
壳一旦卸下　生命便成烟云

爱人　我知道你的壳里背着什么

我将遥望　如线握在手中
抚摸手中之珠如你的肌肤
将牵挂一次次分解成夜晚的星星
挂在梦的天空

早晨　沐在你的安抚里　爱人
我如同噩梦中醒来的婴儿
用恍惚的眼神品呷你手指间温暖的曙光
从黑暗的底色中走来
让我疼痛的心泪流满面

长久凝视　那晨曦中闪亮的树影
我的心慢慢温暖起来　爱人
心中的爱已变成我肩上的壳
一半沉重　一半幸福

三十一

爱人　黑暗中我看见你寒风里的身影
迎向快乐的湖边
今晚有一颗星星落在水里　一个
牧神怀里圣洁的仙女　等待
将你出生的喜悦传送给世人

我知道　此刻你正围着湖堤旋转

用圣洁和虔诚踏出月亮和太阳的圈
面对诞生向上帝跪叩生命中每个细胞
跃动的欢欣　叩谢上帝
给你一生的爱

而我是今天湖中一叶青荷　提着
仙女的裙裾遥望你欢欣的脸
合起双手　跟随神的身影
为你祈福

爱人　今天你是人生舞台中的王子
被生命的聚光灯簇拥而熠熠闪烁
有圣母和我执花坐在台下吟唱和歌
那低婉的旋律是我们的爱在流动
而不管岁月已经流逝多少
不管我们向往的天堂离灵魂多远
这支旋律已是你生命之圈的重心和亮点

爱人　我将因此而愿永生牵挂和企盼你
手执约定之花等在灵魂之宿你的天堂

三十二

快乐中轻舞的梦神　今天
你要叩响谁的窗棂　将祝福的葡萄酒

酌满杯厄　请给我一束红玫瑰
我要去送给我的爱人
再给我一只夜光杯　装满美酒
我要为我的爱人饮下这杯酒

请和我一起举起酒杯　梦神
趁着黄昏天色迷人的恬静
趁我洁白的衣衫还可映照酒晕的清醒
为我的爱人干杯

跃过天穹　那渐渐深厚的黑夜之神啊
今晚　你只能静观我明眸下的脸颊
慢慢泛起红晕　静观我们在上帝的注视里
举起相隔千里的酒杯　沉醉在爱的蜜语之中
被上帝宠爱　看爱的迷人光环
戴在我们的胸前
看我的爱人
如何揽起我的双肩相拥
……

这是个特殊的日子　梦神
上帝用手指中的泥团把我的爱人带到人间
又翻越万水千山
把他带到我的心田
请为我们干杯

三十三

黄昏的湖边　我将等待落在冰凉的石椅
将目光的风帆定格在水中静默的睡莲
紫色的小小花朵　清郁而朴实
沐着晚霞　在风中独吟
任鱼的尾游弋多情的娇艳
相拥而笑　迷恋湖边如痴的凡目
我孤独的身影

夕阳穿过我的头发　当最后一缕温煦
如烟般隐逸在树枝的轻拂间
一阵寒冷从草底而起
爱人　有一种落寞如帘般
从红色的天空拉开　抖落
一地荒芜的思绪
我的生命之脉如喋血的青魔
在全身张扬　如头顶的红槿
撑开鲜红的欲望

我无法躲避　那接踵而来的黑暗
如影紧随　黑夜
亮起无数闪烁的灯盏　如
娇艳的女魔在暗处　诱惑我的嗅觉
正如你！爱人
当我们在岁月的山脚下重逢时

无法擦肩而过　即使
只能是遥望　我们已不能
让心圈在木然的角落　挥手间
牵挂的纤绳已如丝般缠绕杂乱的心绪
……

三十四

原来爱这么脆弱　如叶尖上的水珠
随时因风而滴落　爱人
我无法成为圣人　摒弃狭隘
而只想让你的一生只守住我　如虎豹
守住野性和自由
我无法坚强自己　面对
远处的群山　忍住伤感的眼泪

爱人　原来爱这么自私
我捧住你的心　不愿　不愿你
成为好奇的孩子　用奇异的眼光打量世界

借着酒的醉意　借着那份
碎裂中的心跳和疼痛
爱人　我因被你击倒　今天
设想第三次从你的爱中突围而去
放开手中紧拽你的缰绳

因为心痛　你在我眼里开始变得模糊
黑暗中我看见你正在撩开我的心衣
用诡秘的笑容　看我
如何拣拾你的假意　如获至宝
将爱当作重荷
抛却在不经意的慰抚之中

爱人　原来我们都只是个普通人
灵魂如玻璃般易碎
而今天　我用沉默疗伤
用带血的嘴唇舔抚流血的爱
用坚厚的面具　回击
你所有的温存
用我似水的柔情　模糊忧伤和自戮
将你同样击碎
直到你的灵魂在疼痛中自语
我是你唯一想爱的人　并且
从此目不斜视

三十五

当我把身子蜷缩在沙发　将冬的寒冷
裹拥在肌肤的触须时　爱人
你是一棵冷风中矗立路边的桦树

任我在远处　用变动的焦距
将你定格在我的视线

就在昨天　你第一次变得遥远而模糊
我的心　在为你跳动时
脚步正漫过山石的坎坷
我将你一次次亲近的温存话语
用怀疑的毒水洗释　小心地
啜在唇边不敢吸入

我在对你反复述说同一句话语
一遍遍梦呓从心的刀尖送出
——只要忠贞和纯洁
我们的爱才能永久

我知道　我不能乞求你
甚至将这句话从嘴里送出

没有遇见你前　我每天坐在有阳光的
草坪　用平庸打发时光
目光木然　跟随上帝的衣角
行走在凡俗的小道
用平凡诠释幸福　淡然地抖落成串日子

而今　我的生命已脱离躯壳
灰色的外衣裹不住跳动的　妖魔之舞
那艳红的缠绕　飘逸　揪心的精灵

将我高高抛起又轻轻坠落
让我欲罢不能

三十六

我知道你在用爱熨烫我曾经受伤的心
在睁开眼的一刻　用温柔将我叫醒
绵绵细语带着梦呓的神昏　心的律动
呼吸间可以触摸的依恋和缠绵
天色在你的爱意中渐渐明亮起来
爱人　我的慵懒就像
佯装的睡意　只想躲在你怀里
听你梦呓般的温存之语
我的伤就这样慢慢痊愈起来
而我们的爱　依恋
从夏草的葱郁走向了花期
一如铃兰的馥郁　再度飘香
沁入灵魂　爱人
我们都已忘记早前的约定
忘记只将爱慰抚心灵的承诺
将天堂和地狱之门同时踏响

三十七

当黎明之神的脚步由远而近时　我从
梦的厅堂出来　轻掩门扉
我听到心跳声　如常涌来

沉着而急促　一如去赴你的第一次约
我的脑海随即出现你的身影
一注从堤缝穿行而出的水　迅速
漫延到你的身边

爱人　其实
我们没有多少往事可以回忆
我只是用思念　一步步将你熟稔起来
将你从深藏地心的那份心动
一遍遍呵护　用深情的眼神凝望　用心之血
但我坚信　这是另一种命定
多年前二颗星球的碰撞
那份伤痕里奇迹般衍生的绿荫
在幽暗的岁月摇曳

爱人　我又开始了那十个镜头的回眸
一生中最轻松的相聚　你眼里
也许一生中最美好的时光
这之后呢
我们又将在众神面前彼此躲藏　那不经意流露的

灼灼目光

十个场景中我们有几次相视
那轻轻的一触　如两个稚童
闪闪烁烁的初恋眼神

我们都能读懂彼此沉默的语言
而我　只要黎明醒来这份激越的心跳存在
爱人　我就知道生命中你在招手
在深情地注视着我

三十八

当我等待将诗歌唱出时　黎明
放慢了脚步　天色阴暗
杜鹃花在远处沉睡

爱人　我刚从《最后的情人》的阅读中出来
满脑故事中人影　而你
夹在他们中间　用微笑向我招手
从天色的遥望中向我热情地走来
我在追赶时间　追赶这一幕
关闭所有灯光　闭上眼
看你在灯下晨读

爱人　我将再次深刻领悟

心心相印

感知的灵犀不再需要意念

而只是一种心动　上帝

将灵验栽种在我们的生命里

我会在你早读的时候被灵验唤醒

除了来世　我们也许会迷途

走失在我构思的《童话》里

而只有上帝知道梦醒之时

我们是否又沉入另一个梦中

三十九

世界在关禽之中

我们是站在关口等待门开启时冲出去的人

我用手拍打门扉　期望

给我一个长时间的明亮瞬间

在语言的长河中戏嬉

当我们把所有心事翻晒在日头底下

爱人　我们如同赤裸的婴孩

瑕疵暴露无异　爱

便是又一片

未曾开垦的土地

小摩擦如期而生　一如

昨晚的梦境
我还沉浸地欢聚的幸福回味中
你又变成陌生的路人　在远处
冷漠我的等待

和万物的周期一样　我们
经历了爱最痛彻的孕育和分娩期
将爱刻在额头　捂在心口
把表达的热情沉入内心
让秘密只在我们和上帝三人间行走

但我无法明了　上帝会在何时昭示
你的全部思绪　一如今晚
你无声时心的历程
我只能写诗寻找你
期待今晚的梦中你又是我热情的爱人

四十

穿越十二月的芦苇　我闻到
甘香的苇叶在初冬的阳光中烤熟的香气
等待燃烧的热望　在
芦花中弥漫　覆盖我的脚步
爱人　河水已经清浅
草路不再被雨水打湿

快来我的身边　让太阳
烘烤我们并坐的脊背
闭上眼　看远方三月的草籽田间
白鹭与水牛同栖的场景

苇叶一触即发　等待爱的到来
爱人　深冬的日照
已将芦根的愿望提到黄色的叶面
而海依然在远方轻唱
冬日　潮汐的信使
眷恋温暖的南半球
芦苇注定的失重　已成千年憾事
年复一年在枯萎和重生中徘徊
但我们　我们有来世可以企盼
走过一世后　海边
或者青山绿水间　有
一对生命在春水中徜徉

穿越十二月的芦花丛中
爱人　我已是芦花
守望在对海的默视中

四十一

爱人　我看见你寒风中行走的身影

拉长了我相思的影子
十二月的荒地　麦苗的心愿
在南方的夜霭中抽芽
而我是今晚那个站在田边的守望者
收集风的信息　去温暖麦苗梦的双翅
你说　思念是占线的电话
是空着的邮箱
而我说　思念
是一腔悬着的牵挂无处生根

四十二

接住我的手　在这寒冷的冬日
我们要握住温暖的相惜
以此走过季节最深的思念领地
在阳光从背部的抚摸中
感知群花开放的过程
在梅花最灿烂的笑靥里
憩息我们的梦　再携手
走过奈何桥　喝过孟婆汤
来到生命的起点

当早晨第一缕阳光破窗而入
枕头边我的梦还在淡郁的迷糊之中

我看见你身穿金色的外衣
用花香薰亮我的面容
轻声的呼唤如甜酒
让我从这一刻起开始沉醉
灵魂像白云出岫

但是爱人　无论我如何努力
我轻逸的身影都无法翻越心灵的山顶
依着槐树的挺劲
我只能把笑靥留给镜前的自己
将一丝苦意折射向窗外晨鸟的啼唱之中
品味人生快乐的细沙中掺杂的孤独
这上帝唯独不愿放弃的恩惠
像盛夏里一滴凉水　清醒
我们因炽烈而肆意耗尽的能量

但我仍不愿放弃你
仍不会因此放弃对你的怀想
即使被火燃尽所有的热量
你依然是我远处的一盏孤灯

四十三

雨终于落在我的肌肤

多年前的影子　在瞬间亲吻
我的记忆　音乐随梧桐的叶片
从树上飘来　和雨一起
成为远处的风景　点亮黄昏
爱人　黛绿的青山已传来暮笛声
如雾霭　将我的双足轻轻抬起
我要走近你
我要轻飞到你行走的路途
我要到山涧水静谧的流淌声中
到花的香蕾里
……

爱人　雨正倾泻在你的眼前
将岁月的重荷释放给河流
将你发呆的双眼蒙上一种欲望
树在摇晃　雨烟四起
你往日的疼痛已如雁翼向南
静坐凉椅　有窗为你哀切落泪
你的木然如屏帘　任由
众神阅读　非议　甚至
如鹿般急切地闯进来
但你却轻松如斯　竟笑笑
对我说——
我在想你一尘不染的笑靥

四十四

爱人　我跟随你去寻找雨中的浪漫
沿着街灯　将手挽住你的臂
穿行在烤红薯　凉粉　麻辣鸭脖子的小摊间
再停足在十元书店
夜风阵阵　有一朵最后的玫瑰
在街灯的拐角向我们暗送秋波

我就是如此走入雨中
在远离你的城市　用七分钟的时间
走完幻想的全部场景
再一次把写诗的心寄存于黄昏的暮色
与你对视
朦胧中走近梦的天国之门

我们几近把岁月改写
把温字　如画和四季植物般
摆满每个空间　然后
顺着每一份心情填上情、暖、柔、香……
以此装饰相望的路途

而我要你每天　都如今日
跟随太阳一起将手伸给我
紧紧握住我思念你的心

此刻　沉浸在雨蕴的湿润里
我一次次地念起白天已逝的场景
握住你的爱意
被雨拥有　浸润
我的生命　如温暖的火
燃烧不熄

四十五

装点好心情我走进黄昏的深处
走进夜风的轻抚　夕阳微笑的树林

还是那片芦苇　守着海
婆娑柔肢　揽住水鸟的翅膀

将灵魂放逐在这里
我用收紧的瞳仁　远眺平静的湖面
在水鸟的翅下释放疼痛

还是这片芦苇　远离海的身影
被风点燃的烟火化为黑色的焦地

远逝的故事　在遗忘中
残留些许碎片　暮色中
海岸边古老的紫荆树用长长的苍老之荚

为我保留想像的细节　那已逝的血迹下
成长起的娇嫩之身　那黑色泥土中挺立的
孤独之影　被我疼痛
一如我们走过黑夜的梦中之花
……

四十六

我想　花儿开放的耐心和静寂
一定让等待的人爱意变得深厚

时间凝固　而岁月如河流动
我转动的手中之花
如垂暮的双眼对生命的回眸
我的爱在顷刻间融化为水珠
顺着花枝滑下
爱人　我在等待
静谧的爱在泥土中扎根

如果你能静等一朵花开放的过程
你就能触摸到花的心灵
握住自己的灵魂

四十七

亲爱的　当又一次被你梦醒
肌肤的感觉如酒的余韵
在黑夜回荡　你知道
我是如何挽住你缥缈的身影
反反复复在梦境残留的温暖里
徜徉　世界消失
唯有你虚幻的影在黑夜里掬住我

瞭望的窗口
足印已被月光反照
亲爱的　思念太深
人会躲进意志的角落
独自踌躇　如同
一扇紧闭的门被我挂上铁锁

被爱痛醒时才知道
黑夜和黎明之间的距离
一颗踯躅的心如何跟随脚步
拖着梦魇
在公园里独自把万物唤醒
月光下冷艳的花朵
仿佛慵懒的爱意
惊起阵阵寒风
述说着你的余温虚幻的梦境

遥不可及啊　我对即将到来的黎明说
当我走入一朵花的孕期
灵魂何止触摸的肤浅
更有无数疼痛的瞬间
变成血色花朵

当我知道应放弃最朴实的愿望时
爱人啊　我只想拥有这份梦境

四十八

从花的愉悦中出来
我又来轻敲你的门扉
告诉你丁香花的美丽

今晚　我带着丁香花一样的心情
乘着月色　口袋里装满
草丛中蝈蝈的鸣叫
公园长椅上独坐时风的耳语
穿着漂亮的裙子
曳着红纱巾
来告诉你丁香花给我的暗示

你一定要迎接
我举过头顶的花束

那丁香花一样写在我脸上的
快乐 以及
我凝视你的双眼里
飞舞着的精灵

我等待你打开窗户
循着我的脚步声
月光里眠嘴微笑的神情
等待你从我脸上
感染爱的心醉
如丁香的第五个花瓣
装点你回忆着的苦涩人生

爱人 我相信你的意志
相信你能走出人生所有的阴影
我爱你
坦荡的灵魂
今晚 我来告诉你这一切
要成为你最美丽的丁香花

四十九

我想要的情人
是花朵的善良和善解人意
她从不拒绝和冷漠风的表示

舞动柔肢在那里微笑
拥抱阳光时
敞开心身
每天早晨用悄然开放
让你快乐动心

黑夜里　用心疏理灵魂
白天里　用芬芳迎接爱人的亲吻
即使被爱人遗忘
依然用一腔热情在暗处等待
又悄然离开

五十

不再惊飞你的翅膀
当我读懂自由和灵魂需要呼吸
需要在孤独中与神祇对话
静看
心跳的频率　爱的厚度
亲爱的　我会给你一方距离
透过窗玻璃
在这样阴暗的冬日下午
用一杯陈龙井
恬淡往日的热情
遥望你的身影在人世间穿行

如同接受牧师的洗礼
我用一生的祈祷
只希望将心躲进你的灵魂

我告诉自己
这仍不失为一种美丽
我可以将梦寄居在海边
白鹭的背影里
抬头是天，远视是海
灵魂会有广阔的歇息之地

亲爱的　我要如何说服自己
一生中灵魂永远需要远足
需要感受我们害怕的血
疼痛和晕眩
幻想
总会落入愁绪的了无边际

即使你真的会爱我一世

五十一

夜灯点亮时　你用声音的触角
带上脆弱的旋律
拨开喧哗的夜幕

在嘈杂的纷乱中跋涉
不遗余力
只为远处石级上静坐聆听的人

五十二

跟踪而来的不是钟声
而是断裂的歌
由一月的文心兰
从潮湿的幽谷唱出

一整夜　黑暗将寒冷叫醒
混乱的梦用泪水湿润枕头
亲爱的
但我却不能告诉你
我的心正在被撕裂的疼痛

不想听你释然的理由
不想留下伤害的痕迹

徘徊在诗歌唱的山地
我的双手高擎着夯绳
浑身软绵无力
歌声断续　凄迷
手找不到绳落下的点

亲爱的　今晚我好累
拽着你一千斤的心

好想找一个理由歇息
在无人的山谷
重新显影你的底片

希望回来时依然没有错过爱的季节
希望我的心坚强如牙齿
把你放在牙中心
闭上眼
听到一声无痛的碎裂

五十三

攀崖而上　只为一份虔诚的企盼
从黑夜出发
我在睁开眼的一刻
许下今生的愿望

我们在众神的背上驮起
一轮轮睡意的疲倦
亲爱的　天色将明
风正在催长新的生命
我的双手已举过头顶

目光柔和　心平静
祈祷的钟声已等在太阳升起的地方

山路曲折挤满朝拜的俗人
我的脸弥漫在香雾中
双手合十
心眼一致　面向众神
我的虔诚只为这生的愿望
如春雨般落在祈祷的旱田
落在一个破壳的梦里

我的虔敬只为神灵能在
俗人的凡脸中分辨
我渺小的高尚

一起祈祷吧　亲爱的
踏着朝拜的路
从今天开始
一路歌谣

第三部　梦醒　灵魂之歌

五十四

这份感觉里有美妙的成份
当我说出心事
看你如何在我的文字中徜徉
当我引领你跟随我的足迹
亲爱的　你已进入了我的灵魂之地
熟悉我生命的气息
我的心有一丝不安的快乐
一丝甜蜜和满足
我不怕你拥抱我赤裸的灵魂
这样才能征服一颗热烈的心
才能透过无法走近的世界
感受我面对你时纯洁的双眸
传递的爱意

亲爱的　这是一种美妙的感觉
你的心在慢慢靠近
一颗爱你的心

血液里充满温柔的旋律
生命——
在爱情里沐浴　纯朴如水
从山涧缓缓流过碎石和草丛
带着花朵和泥土　欢笑和噩梦
流过四季的疼痛　在接近
天空明净的尽头
在平静如对天的敬畏和向往中
闭上眼　翕上心跳
……

亲爱的　这种美妙
并非一日能够感悟
在我读懂你　读懂生命
读懂岁月带来的恐惧
读懂爱是生命的灵魂那一刻
我领悟　我将一生
背负着你自由的灵魂

五十五

困倦中我的眼已被雾霭迷茫
而心是盲人手中的竹竿
一路摸索　春的枝头

翠鸟的歌喉与翅膀的欢欣

而梦醒着
翻飞珍藏已久的日历
陈年的雨水从岁月之滨落下来
带着尘土和泥沙
心的负荷是一页飘飞的信纸
一个黑夜里的响指
和一声轻悠的口哨

亲爱的　你唯独没有让真实的故事
成为花朵
撑起我们青春的天空

我的双眼因泪水困倦
长久的张望
被春雨中青石板尽头
一辆邮车的身影
揪痛

五十六

忘记你一点可以用沉默表示
沉默是一种很好的表达
让你的心如泄气的皮球

爱因此无法被热情拍得太高

空气是皮球的生命
所有生命
都因为温和而长久
皮球呈半饱状态
里面的是向往　外面的是忧伤

亲爱的　我总是走不出
灵魂被鞭打的疼痛
无法打开球塞
或者　用氢气放飞你

爱需要相互感应和传递
需要梦游的勇气

沉默是又一种伤害
灵魂被爱鞭打
爱被怯弱抛弃
……

五十七

跟着灵魂行走
跟着那一丝疼痛

我来到阳光下的草莓园

用手触摸鲜红的草莓
触摸心跳的频率
走过忧伤的沟壑
一点点咀嚼
草莓阳光下的灵魂

亲爱的　草莓如心
在阳光下跳动
在梦的尽头哭泣
爱的快乐　被沉重的牵挂缠绕
灵魂被占有的愿望搅痛

亲爱的　你的心何时挂起了门帘
拒我的脚步于千里之外
因爱而复活的灵魂　又将
因爱而受伤

五十八

永远只能凭着黑夜的窗口瞭望
用一双暗处的眼睛
翻过天空的迷雾
抵达牵挂你的船只

春天来了　但花儿依然在远处飘香

亲爱的　没有距离的心之间
仍隔着空气的粉尘
有一种忧伤
因灵魂奔跑而生

五十九

彻夜的想念使你的目光迷离
慵倦的神情融在早春的阳光里
你的话语像柔光
残留梦魇的喃音
我沉醉在你的爱意里
反复默唱你失眠的夜里谱写的歌

爱人啊
我以此解读你对我的思念
丈量你爱的深度
生命的重量

又是一天一个春季来临
告别昨日　我们才能重生
才能熟稔才能在相约后随心寻找
而岁月的苍翠

将如泥般亲近我们的肌肤
还有山和水
勾起的又一轮向往
如神祇之手
诱惑和孕育我们

亲爱的　把目光
投注于芸芸众生之上
把心架在被脍炙的铁板上
爱才能超越生命
生命才能和爱一起永生

六十一

翻山越岭的人
何处传来水声如铃的轻幔
吸引你回眸　绽开的笑容
如琴音的双翅飞入我的眼帘
一步一步，你用三月的花枝
照亮马匹的四蹄　用黄色的花朵
点燃泥土的梦想　以及
诗人的灵魂

天在一尺之高　还有云彩
我伸手可及的希望　在对你的凝思里

插上翅膀

歌声不再黯然
一如你眼里雪地鸟的身影

爱人啊　停下来歇歇
让我走近梨花的梦境
沿着半堵泥墙的往昔
找一找残存的岁月碎片上
遗失的花瓣
看能否描摹又一幅春天的图画
挂在你的窗前

在梦境里游荡
诗歌是又一种音乐
催开花朵和泥土的愿望
而我可以远离岁月和死亡之门
远离生的无聊
爱人啊，如果两颗心一起跳动
按住我的脉搏能感知你的心跳
岩石也会唱响水的歌谣
你会成为我走近人世的门

六十二

亲爱的　听从你的口令

我们出发　去昔日的河边看梅

今晚梅花的暗香已越过春寒
点点星豆　照彻
河边那堵白墙那片黑瓦
那一阵阵夜色里涌动的岁月之影
泥泞还在　就像昨晚湿缠的梦境
身子斜靠凉亭　缠着你的手指
我的目光久未从远处的桥头走远
亲爱的
我再一次看见　旧时的影子
在桥头成为背影　人生
被一截为断枝安插在各自的花盆

任梅的暗香孤独如幽魂飘零

折梅时节　心在空中飞翔
我要如何紧闭双唇　才不至
将那句深藏的话语
对你倾诉让梅作证呢
一如此刻我凝视你的双眼里
涌动的企盼——
爱人啊　如今我所有的愿望
已浓缩成一个姿势
我只想走近你的胸膛倾听你的心跳
如走近身边的河流　倾听
岁月沉浮的经历　在

最粗野的奔腾中　在容纳万千浮草树枝时
在目视一茬茬生息的生命间
一幢幢倒塌又重盖的屋宇下
河流深处最温柔的声音

你一定会让我听到的　在这样的夜色里
我匮乏的感知犹如梅的暗香
雨后湿润的泥地
缠绕着你的身影在花丛中穿行
亲爱的　这回我们也可以如梅般
笑拥寒雪　千年不悔了

六十三

来来去去的岁月被一种哭泣串起
从大漠荒烟的马背　夜光杯
借酒而吹的羌笛声
到曲径斜阳的芳草湿地
隔河青石板上的捣衣声
悠扬断肠着那个身影

亲爱的　爱情
就是那颗细细的柔珠
在今生的岸边被时间翻晒

被万劫不复的岁月诵唱而延续
一如树的枝头那丛细碎的绿
千年不枯
穿行在时间的碎片
我们像一粒尘土般渺小和短暂
生命的重量
被握在我们自己的掌心
无人诵唱我们爱的歌谣
卑微的呼吸

但我们依然在大写
生这个字　　画
情这幅图

六十四

当山又一次被雪花空寂
当鸟的身影隐匿于树的凝思
西风里只有红色的琵琶在悠扬

当湖水又一次被春风吹皱
岸边的长堤在黄昏独吟婵娟
暮色里只有我在为你写下这行诗

六十五

亲爱的　当黎明最后一声鸟语传来
天国的门即将打开
我从梦境里睁开朦胧的双眼
《梦醒时分》便在耳边回响
心开始复苏

丝帘外梦魇的舞姿仍在黑暗里涌动
远处有灯盏残存梦的温情
我遥望你的身影
如何从晨梦里苏醒　知觉的一瞬间
想我如灵般飘渺的影子如何拂过你的脑海
亲爱的　让我们用意念相拥
让我用轻柔的双手
温情地为你穿上衣服
然后跟着你一路下楼
……

在时空中交织我乱意的忧思
一如晨鸟用执着的歌声
打开天国之门
爱人　我要如何才能温暖
你的忧虑　把我当成一树庇荫的叶
不再独自承受

命运
任我在你的生命里送上
全部的爱和意志
留住岁月中每一丝牵挂
编织不悔的今生
让心在疼痛里注入幸福和坦然
敞开喉咙和双手
拥住每一份生命的享受

六十六

落寞总在黄昏的座椅升起
风逐渐降温
寒意从椅面踏步而来

我裹紧被太阳晒干的风衣
任思绪停留在某个寂静之地
与暮色对抗

奔跑的是幼童蹒跚的身影
一块石头绊醒了他的疼痛
和你的寂寞

六十七

当三月熙和的风吹过草尖
阳光不再穿梭凛冽屋顶
湖水开始涌动　成
另一种温柔
诱惑你与鱼的相遇

当灵魂如水底的石子
在另一个世界寻找风和阳光
寂寞被你用灵魂拥抱
被生命享受时

亲爱的　我是否
也在你的寂寞境地

六十八

在桃花坞里进进出出
亲爱的　你的身影像蝶
而我梦想自己是开满山坡的花
你是修颀的竹子
我是那串挂在你叶面的雨珠

在岁月的山坳里　有
古老的风舞动深绿的树
有蜂儿在花蕊深处追赶已逝的往事
而我　有你款款的影
在竹叶间引我步步深入向往的领地

亲爱的　我的请求里裹满无言的渴望
一如山谷深处青鸟回荡的声音
而我在爱的草丛间闭上眼
阳光的斑驳迷离我写诗的灵魂
沉醉在夜半划破天空的遐思
我的疲倦因心的怅然而升
因溢满春水无处逃避而升
守着内心的歌
那支远方的牧笛
用浸染红色血液的手指
按住每个无声的孔

亲爱的　我怕你听到这支歌
听到那声心痛　揉碎理智的呼唤
一如此刻　我
捂住双耳　怕听你今晚独吟那首重唱

而如果　歌声
再一次从山那边响起　我便要
重振诗歌的旗帜
带着灵魂步步紧随

……

亲爱的　你就是我的桃花坞
我灵魂的安息之地

六十九

亲爱的，四月的花香已经包围马蹄
你还能策马远行，逃离命运？
我的诗歌早已辞穷
意志被雨水淋湿
从你的脸走入你的心，再
徜徉在你的马鞍前
我请求你伸给我双手
拉我坐上你的前鞍
把我的一生分放在
你握缰绳的手
你看方向的眼
你热情的血液
你为爱跳动的心脏
合二为一，我的生命
跟随你，交给你
只留下感知的灵魂
站在你的鞍前

亲爱的，当一个个渴望
如花朵映靓春天
我的生命任由你的手弹奏乐章

站在春天的桃花树下
我用神思的身影移向梦中之境时
爱人啊——
我看见一个老人
火炉边读这本《梦》的神情
这时，我们大概已快到来世的门口了

七十

岁月和爱情之间
我再次凝固——
遥望你的背影如积雪的荒野
琴声从耳旁擦过
太阳照着我的双足

我心的空旷一如雪地的桦树
白玫瑰病了　耷拉着花朵
红玫瑰在远处飘香
向着飘雪的天空
我听见自己仍在轻唤你的名字

第四部　别梦　一个人的爱情

七十一

亲爱的　心的距离在你忘记我的一刻产生
这时候你的心里只有
秋水柔滑的倩影
你的肌肤如花蕊的敏锐
迎接着被秋日的水温滋润的苇叶
那片即将变成金黄的希望
白色的芦花已经高高扬起

亲爱的　这又是我的一次臆想
它支撑着清晨我头脑的清醒
在软绵的床上将你唤醒
沐着晨风　裸露给你我的梦后
我的一天便如常开始

我总是挑选被你忽略的时光
想起你
像一个瘾者背着时光吸入你的爱情

重温没有你的忧伤　深刻的思念
我的生命因此回复到另一个新的境界
远离岁月和生命的木然
一如深夜里铃声给人的惊厥
心跳加速　慌乱不知所措

失眠使我一次次回放人生
那些我引以为弥足珍贵的镜头
一个个重新复活
这时候没有昼夜
我享受着这些意蕴发誓要去妒忌你
麻木或者忘却了爱情的
灵魂
……

七十二

我怀着一个人的爱情由来已久
远足的双脚已经红肿
像个最普通的友人我在午夜来临之时
用漫不经心的话语向你问候
这个我等待了一个季节的机会
只想让你觉得轻松又有些许特别

我深刻的爱意在字里行间的夹缝中穿行

如果你有敏锐的嗅觉
如果你同样怀有一点爱意

我的远足便又从这时开始
心灵澄明　一个人
在诗歌的瓦尔登湖边倾吐爱情
一个人　带着梦走过人生
无人知晓我的哀伤

你不会明白我的心路历程
我给你的诗歌所隐藏的气质
已使我脱胎成为柔情的女子
淡淡的笑容在远离你的拐角
黯然　但我已然珍藏
你曾经回眸时眼里闪亮的光芒
那唯一可以证明
你不经意流露的爱的信号
这注我诗歌的源泉
爱的支柱
人生所有的方向

一个人的爱情可以有更多的幻想
无数种美丽的结局
像四时的鲜花开满我生命的山谷

七十三

亲爱的　我在寻找一种感觉
写诗的状态
目的是　要
将你从生活中剥离出去
隐去你的外貌、声音　你
日常生活的细节和爱好
我寻思和这样的你白头偕老
证明　爱
可以　胜过物质的欲望
胜过肌肤的温暖

我寻找这样一种感觉
不停地调动机体去感知
你留给我的全部印象　我必须承认
伤痛的记忆已经淡忘
一如花朵只给人美好
亲爱的　我只需想起你
所有的感觉　已让我
仰躺在一座山的巅峰　乘风而下
永恒在我的心底

亲爱的　这种感觉
有时会让我黯然落泪
让我感觉死亡和挣扎的哀伤
……

第二辑

雪是一朵花

爱你

爱你的无所畏惧
但我更爱你心里最脆弱的部分
爱你眼里的柔情
啊,亲爱的

爱你的唯我独尊
但我更爱你戎装深处的伤痕
爱你心里的忧伤
啊,亲爱的

爱你的高瞻远瞩
但我更爱你酒后的胡言乱语
爱你生命里的小秘密
啊,亲爱的

沉默呢

上午八点,雨
窗口回来的瞬间
被你绊住,这么多天了
你在遥远的地方
做一棵枝繁叶茂的树
偶尔
天气预报会带回一些信息
季节也会捎来有果子成熟的暗示
风时常带来异地的气息

我已放弃百度里通往你的路

果子深酿成酒
沉默呢

春天　雨　诗

你来与不来如读这首诗
我需清洗双手
沐浴更衣
用荃草和红酒照亮窗台
或者邀明月清风夜雨
即便如此
我仍战战兢兢
一次次拖延时日

春天总会有
招蜂惹蝶的愿望
怕一不小心擦肩而过
看鸟独自摇曳杜鹃的柔枝
黯然神伤

三月雨丝越拉越长
诗越写越短
愁绪早变成一次豪放的举杯
一篇篇断章

但我还是希望你不来
风静止树也静止
你便成了一坛陈封泥土的酒
任我在诗里
独饮
即使成了一只贪婪的酒鬼虫
起码
死也壮烈

错过季节意味什么

意味你要独自上路
独自与雪相会
独自疏理月的盈缺
然后独自开放

许多时候我的成长磕磕碰碰
为了阳光绕道
为了清泉匍匐
遍体鳞伤
影子斑驳
香气若隐若现

但我终于开放了
粉的蓝的红的
另一朵躲在泥土里
只等风过雁来

地铁站

沿着隧道、自动扶梯
上……下……
日复一日
我迂回于地铁站
去寻找一张面孔
日复一日
心轻逸成一片风中的羽毛
无处着落

光中行走

光中行走，一个个景物穿过四季
这些如珠闪烁的精灵如远处的牧笛
将一些旧梦从落下的帷幕中吹醒
即使最不堪回首的镜头
即使刺骨的恨
万念俱灰的痛
竟然微露唇齿
用一双温暖的手揽我入怀

我和少年

一

夜色里有人在吹奏芦笛
一个少年在学习呼唤年轻的爱情

夜色因此朦胧
天空因此辽远
世间因此迷彩

我看见我的爱情从笛声里回来
我看见我的爱人从遥远的天边向我转身

二

有一个少年整天在学习吹奏芦笛
准备用笛声迎接他年轻的爱情

少年身边站着他的教练父亲
他的母亲　在厨房侧耳倾听

我在笛声里听到了少年的心悸
他时常背对着父亲　掩饰
他的小小秘密

我和少年的窗户只隔着一层暮色和晨雾
只要少年的笛声响起
我的诗歌就从沉睡的地方苏醒

我混迹在这队伍里

为赴约 一早
我挤在一群爱上海的年轻人之间
这一刻
梦被挤走了
青春美丽的笑容被挤走了
刚吃下去的早餐也被挤掉了
地铁们一路临时停车
所有人握着手机
沉浸在昨晚的消息里
消磨拥挤
我呢
混迹在这队伍里
一脸从容
我穿过黄浦江
只为了一杯咖啡一次倾诉
因为激动还赶早了半小时

我美好的心愿

风受谁指使
花呢,为何开放

如果我们不是探究的天人
只是勤劳的蜜蜂或蚂蚁
或者只与泥土、庄稼、四季为伴
我们是不是花一样美好的生物

我们深谙,爱的来去
有它自己的秘密
我们只须沉默
我知道你和我一样
会悄悄忆起一些往事和人
时光带走了当初的怨恨和痛

当我们越来越满足于现状,而怯于
打破沉默,怯于成为一个智者时
世界是不是归于美好

我向河诉说忧伤

我要赶在秋离开前将村庄走遍
顺着河流的方向

今天河水是首古老的诗
阳光下只向我一人朗诵
她披着轻波　在风的簇拥下
像个女皇

我要赶在你离开前将村庄走遍
顺着河流的方向

村子里的炊烟如儿时的手
牛慵懒在草地，狗仍在奔跑
小路已忘记河流的方向

河水引我跟它走
一个湾又一个湾
波光一闪一闪

我离村庄越来越远时
我离你……

我坐着静思默想

我坐着静思默想
天色慢慢暗下来,水中的玫瑰已停止张扬
杯中茶叶回到起点
这样的日子日复一日
今天春天以气味先行而至
风中一首首诗破土而出,如雨般
浸湿我的时光,爱诗的人有相同的习性
喜欢将心沉到最深处触摸伤口
在别人的诗里回味自己的生活
领悟岁月　爱　死亡
而如果我们能在
寂静中倾听窗外鸟语的欢愉
啊,最细微遥远的声音
足以治愈心的孤独
我们还有什么不满,不觉得富足
我们拥有空气水粮食棉花
连诗歌也是多余了,徒生执和迷
挑剔和欲望
这样多好,只剩下执子之手与子偕老

乌镇归来

乌镇归来
天突然忽晴忽雨
杜鹃和月季一次次走入封存的巷子
咖啡和花雕一杯杯从上午喝到晚上
分不清喜和悲
分不清乌篷船从晨曦里来又去哪里
说好归来却又是流浪
说好相聚却仍是永别
乌镇归来
我丢了哥伦比亚的倒影后
又丢了巴珑
先生，我只留下你的风度
好不好

无题

我将别人的诗写成画挂在书的前面
那些我读过或已忘记的书
我的眼前只有我自己的画
我觉得每个字都是一个境一个生命
我有许多修改的欲望
想让它们更加美好

当我处于痛苦抉择的时候
我看到我的书都在笑我
它们告诉我爱情的秘密
其实很简单

活着

在树影和花海里
在月色和星辰中
在岁月在你泛白的鬓发
在你睿智的额　或者
我开始下坠的双乳失去养分的子宫
我们焦虑惆怅又无奈
提放之间
万物如烟尘飘渺
而太阳照常升起
生灭之间
我们早已触手可及

下午的咖啡

我只想在这里读你
来自尼日利亚被水洗过
和埃塞俄比亚被日头晒过

我想读你眼里我臆想的影子
就像身边这对男女
续一杯杯咖啡
却没有一句对话

哪怕只读到玻璃外路过的
行人走过的思绪
哪怕是你目光尽头的甜品店

在咖啡店里读你读我自己
读过往的人生……关于爱
水洗的有咖啡豆发酵的味道
日晒的又很焦苦
你面前谁都在享受
都可赤裸灵魂
心照不宣

看海

天色渐暗　海的尽头
红霞退去
夜归于宁静，海归于梦境
空气里开始弥漫海的气息
我的心开始盈满盼归人的柔情

没有海的距离
没有离别
我的头枕着海的轻抚
枕着你满满的爱抚
……

我的小生菜

生菜苗长出来了,右边的一株大左边的一株小
每株小苗都在告诉我爱的偏心
它们不知道我如何挽留每一寸阳光
如何浇灌比农妇更加崇高的承诺和精心

如何咬牙不向你说出我的痛苦与快乐
不,我还是把快乐让你分享了
就像在你的诗里吸取养分一样
没有语言甚至诗句赞美你
对于我,你是个灵魂的伴侣

但我的小生菜无法理解
每天清晨向我哭诉它的瘦弱,而我的怜悯
一次次升华成欣慰
我居然可以如此平静地面对一整天一个季节一整年
从早到晚的太阳

我也是刚刚才明白
早晨从梦境里出来人最清澈
我可以任性地和你约会

分享你的某一天,只一天够了
每天会心地遇见你几分钟
我的一天便安安静静,不胡思乱想

但我的小生菜如何知道
有一些东西是我无法改变的

雪

雪花越舞越乱
风已跟不上舞步
我牵挂起我的牡丹我的十八学士
马上回家的女儿
远方的老母
还有常来啄食肉肉的小蜂鸟
天黑以后
我还会想起独舞的木心

院子越来越白
花一朵朵潜伏

从前的雪有多厚多白
喜欢撑红伞
喜欢对雪吟
路过桂花树总被摇落一串笑

从前不想为什么会下雪
现在却想为什么喜欢雪

（注：十八学士为一茶花品种）

雪是一朵花

雪定格在空中

雪眼里啊
世间依然轮回着
我眼里呢
雪是一朵刚离枝的花

多少年,我希望将心修成一朵花
把诗歌放下
把你也放下
卸下这一切
我就是个纯粹而平凡的女人
一个母亲　一个妻子　一个女儿

多少年了
这朵花
今天被雪卷走

我和一棵树

你我之间就是空气的距离
所以我可以肆意　但心情不够好时
我也忽略你　哪怕你在雨中忧伤
许多时候　我注视你的程度
会感动我自己　觉得
自己是个最温柔的女子
爱有时真如病中　被人耻笑
春天才与你相识
夏天就仰慕起你了
到秋天　啊
我竟陷入你优雅的从容中
再次变成了美丽的女子
那些别离　爱和恨　甚至死亡
所有的苦痛恐惧
因此远遁
冬天是你的一次放下
每个冬天是你的每次引领
我的每个成长点

一棵红薯

我把一棵红薯的梦想从土地上转移了过来
我把一棵红薯沉睡的生命从墙角拽了出来
我把一棵红薯从人类的胃里　从欲望里抢了出来

我不敢说我拯救了一棵红薯
因为　我只是用水
用一堆没有泥土的白色沙子
一只透明的玻璃瓶
用我近乎疯狂的爱
让红薯展现了另一种生命力

在我的世界里　红薯改变了它朴素的命运
它成了我雅致的宠物
美丽在我的案头

亲爱的　我时常陷入
我的红薯一样的梦想
幻想我就是你的红薯

做一个平凡的人

做一个平凡的人

早起有开满花朵的阳台
傍晚有各式菜肴的厨房
睡前翻翻喜欢的杂志

追求夜里的睡眠是否安好
追求入睡前心是否安然

岁月是门外的邻人
只需与其保持友善的关系
偶尔串串邻人的门聊聊家常
隔窗相望　客客气气

一个平凡的人只需过平凡的日子
有一个平凡的孩子
一段平凡的爱情
一个小草阳光下自由开放的人生目标

亲爱的
如果你在我平凡的日子里

阴谋

不用告诉我这是你的阴谋
阳澄湖波光粼粼
菱角花随处可摘
我在深秋被你推上舞台
连换上裙装的时间也没有
何况化妆
你不过想看看我的方寸
看我如何泄露内心的秘密

我的阴谋在看到你的一刻产生
如果我做不到若无其事
就让你挺身而出

有多少往事无力翻动

大雪日,上帝撒雪花守约

雪花狂舞着破碎的往事

我的忧伤被一条小狗控制
朝夕相处两个月
我们每天吵架　打架
又一起散步

人到中年
情感开始脆弱
连木心纷纷的情欲也无法招架

院子里白玉兰飞尽最后一片叶子
背影越来越多
越来越难消化

最后一刻

最后一刻你终于抓住了
那是众神之门
无数个金苹果在众神之间闪耀
其实你并不知道明天是什么
不知道金苹果是否会在瞬间
还原成本来面目
你只想抓住最后一刻
最后一刻不是最后的希望
而是给自己的礼物
是终于可以松弛下来的神经
放弃绝望

标志

日子慢慢这样定格
你耐心地整理好
被弄乱的客厅
让他看到各个角落都有
一双环抱他的手
一个亲吻他的唇
一张玫瑰香的脸
这样的日子，他便唱着歌进来

日子久了，你发现
那一毫米长的黑乱雨洒满洗手台
洒进牙具、护肤品的森林里
是胡子还是头发
你怎么也想不明白所有的动机
许多时候也跟不上节奏
那些一毫米长的乱雨
长出爬山虎的韧劲
总让你决心收拾起曾经精心布置在各个角落的花朵
让他一眼觉察到你的不满

只不过是举手之劳呀，你心想
只不过替我想一想呀，你说
这和爱无关，他说
他永远不明白
这些一毫米的乱雨
会是个标志

照见

收获不了种子我就采花瓣
一瓣一瓣在凋谢前收起
有时总要学会残忍断些念想
当然这活只能落在上午
你知道,许多事被太阳一照就清晰坚定多了

风有没有大不大与我相关不大
如果这一切成了习惯,你也会适应
这样的日子
放下容易遭遇不测
但你我还得想以后的岁月
当然那是另一朵花
会不会结种子不知道

支点

放松精神
我们需要支点
比如　手托住下坠头颅的某一点
二郎腿的膝盖抵住桌子背面
我们的身体像一柄斜搁在椅子上的剑
一头一尾因两个支点而平衡而舒服
这份极度脆弱的平衡中
享受小憩

在短暂的时间里
释放焦灼的情绪和永远解不开的心结
让身体和已烂的额飘在真空
或者重振思考的旗帜
将忘却的筛子抖落的记忆
对未来的计议
违背理性的欲念
在这一刻　轻轻
走上舞台　如吸一口烟
吐出烟雾　灵魂
牵着自由之神去旷野放牧

直到一根弦拨动神经
头颅逃离手腕
抵住桌面的膝盖
从另一条腿上掉下来

我们每天都会发生倾斜
使生命的剑在刀鞘内膨胀
寻找支点
成了我们一生的过程

迷恋

我们会不会痴迷于这样的场景而忘记远方
天色黯然　我在凡高的书简里
看到教堂的塔尖温暖着凡高
谁更早触摸到神的内心
谁就可以走进黎明

远方在哪里
今冬的第一场雪还在北方酝酿
我手中的鸽子在昨晚逃出笼子
这样的光景里
心比迷途的蜜蜂更加纠结

是谁告诉我
远方和愿望合二为一时人的迷惘
终点又成为了起点
世界只留下了迷恋
一片单瓣的玫瑰花
照耀远方

你将来临

大寒日
我窗玻璃结的不是冰花
睁开眼的一刻
水珠顺流而下

哪来春天的错觉
哪来我蠢蠢的思绪
哪来我要去辨认你的念想

我早已让自己自如起来
天冷了加件衣衫，天热了改穿裙子
用清净布施每一粒奢侈的欲望

是我种错了善根
抑或是另一种注定

你要什么

是谁告诉我， 等你打开第五片叶子时就会开花
就可以塑造你的未来
我只想让你站得更高一些
花朵开在腋下，照见果子
我只做一双百看不厌的眼睛
做一个可以把心泡在蜜罐里的人

可是黄梅来了不肯走
你不愿再攀登
我抚着你也只爬了半坡，才半坡
你已扎下帐篷找到了落脚点

我等待的花迟迟没有开
春天越走越远
小河的水越流越急
你已长出了第十片叶子
第十个陨落的愿望横在半空

谁见证了你的梦想　谁
看见过我的付出
这份爱

还不够吗

我们要相信一个事实,相信一只飞出去的蜜蜂
回来时只是个躯壳
磨难和艳遇的机会其实很小
眼界和心已改造了它

诗歌是另一种天机
如果你还在为我写诗
证明你现在爱的是另一个女子
我写诗也不是为了把爱昭示于众,哪怕你
所以还是不谈诗为好
当然也不能谈天气预报,那又会泄露我的秘密

沉默或者绕不开时淡淡一笑最好
它证明我们最看重的东西仍被珍藏和呵护
还不够吗

怒放（外一首）

玄机

玄机忽然在清晨打开，也是云低风轻的天空
我的耳边是同样婀娜的声音：
你想看我的裸体吗？

原来你也是一瓣瓣打开愿望，小心翼翼
然后又悄悄握紧
这秘密，也许阳光和风知道
鸟诵唱的从来只是自己的爱，至于雨
总是因爱而忌妒失控

这世界到处飞舞着玄机
即使视若无睹，甚至放下
也是另一种玄机的滋生和交织
你如何才能修出佛果

但我的确发现
自己是一只兰花手指

我的掌心护卫着什么
多少年了,半遮半掩
你用玄机照见我的掌心
抿嘴而笑,步步为营
这最好的选择,又诞生了新的生命
另一个紫色的玄机

放下

你想看我的裸体吗?
其实天空里越来越严肃的云并不意味什么
雨和阳光也是
蜂和蝶也是
你也是

我并非执意偷走春天的梦想
更不以怒放引诱你的念想
你看到是假象也是真相
我正在拥抱和等待着的
是你也不是你

我要如何述说怒放的姿势里
有重要的蜕变
雨来时我可以弯下腰
风来时我可以轻扬发梢

阳光来时我可以沐浴
爱来时，我可以亲吻你

你知道，畅然必为最后的收获
但上帝的掌心里必非你我
而是一粒种子

女儿红

封存或打开不取决于约定
醇　也不取决于岁月

正如缘　有时候只起源于一个梦
梦中我与你偶遇
梦中一见钟情

封存于岁月的原是个美好的梦
不想泥土成了另一个揪心的爱人

花开果熟的时候在何时
梦无法告诉我
岁月无法告诉我
你也无法告诉我

如约酿造的美丽
常常风干在渴望里

枇杷

那晚　茶室里共有四个人
你作为我的客人被邀请去喝茶
我记得暮春的花香
从木格子窗逢钻入我们的茶房
掀开碗盖我的心温情了一秒钟

我的茶碗里盛开了一朵红色的玫瑰花

那晚　三颗枇杷如灯亮在我们四人中间
我们的手指会心地绕道前行
还有我们的眼睛　语言

你坐在我们的身旁
这是唯一的选择
一如小碟里那三颗完美的枇杷

我并不知道
把枇杷递给你的时候
我的内心已春光泄露

倾诉

说我梦过你，这话实在老土
但我就想告诉你
就想这样倾诉
就像我对那个伊豆舞女山口百惠那样
有时候喜欢和渴望很难区别

我知道我想说的一切在你看来都是身在福中不知福
心的棱角太多
怎么放都不平整
但你就像那条刻在木盘里的鱼
看一眼一口饭就下去了
看一眼世界就大了

我一直在回避司空见惯的结局
望啊望，希望不要望见看得见的愿望
这是你告诉我的
有一些东西在眼睛以外
心会自由落体有无数个着落点
有时候很轻盈

一辆救护车开过

这么安静的早上,连雨落下来的声音都听不到
一个老人牵着他的老狗走过桥
他本想去敲敲一个同样老的家伙的门
陈年往事就不提了
抚慰一下老和病的事
水映不出人影
水只映出了一把红伞,她歪歪扭扭走上来
里面躲着一双小腿
老人骂了一声老家伙
目光却跟着一双小脚去了
去哪里我不知道
远处一辆救护车鸣笛开过

情人节

一

一年中只有这一天
玫瑰可以乱飞　迷乱女人的人生
欲望之灯被一盏盏点燃
最丑的女子也被花朵照靓

玫瑰
黑夜里如游魂
缠绕孤独的人影

玫瑰
让错过的爱情
找到些许安慰

玫瑰
第一次让男人变得浪漫和纯粹
让所有女人惦记

二

暮色中风偏离了方向
这还在襁褓中的春风
阳光刚刚焐柔了冷冽
玫瑰的秃枝
正在孕育第一朵花
你行色匆匆,手指拈着暗红的玫瑰
目光迷离　不知远方
到底有多远

诗

深夜里读诗
进入别人的灵魂我格外温柔
我善感的心让我成为邻家的孩童
总在羡慕别人的花园

我总是陶醉在诗人们的梦呓里
即便是陷阱
我仍能看见花朵

你没告诉我读我诗时的感觉
却在某一天我们相遇的小道上
悄悄握住了我的右手
像我诗中写的一样

书房

这回真的只有我们俩
一尺之间
往事的每个细节如眼神
在每本书名里聊以自慰也安抚你
人不能肆意沉湎在追忆和悔恨里
起码在这春暖花开的季节
太久的孤独　我相信
你也会灼伤自己
不如好好享受这一刻
这一生的过往
我愿徜徉在你墨香的舟里

抒情

宣纸折叠来折叠去
临帖的字被你握在掌心

风告诉我今天是晴朗的冬——至日
古人被谁相约而去
曾被你用雨水狠狠地抛弃
又悄悄地来临

共舞吗
千年的长诗早已写尽愁绪
长袍早已穿旧
柳丝早成大枝

你的船票呢
你篱笆边顾盼的那双眼睛呢

谁在捡拾我的花瓣

我在拿起咖啡杯时
发现又一朵遗漏的花瓣
夏日里,所有生命都在抓住时机
我捉不完横空飞舞的小黑蝇
这奢侈的农活,消耗着我的时辰

但我仍走不进你的心思
唯有明月当空,我看得见这种相会
还有雨一会缠绵,一会冷酷时
上帝知晓我们各自的念想
以及未熄的期待
我就是这样一个农妇
把自己消耗给爱情不够,以为
找到了另一个生命点
我的智商无法突破那扇门
虔诚更不足打动你的心
但我从原野最小的草里学到了勇敢

在阳光照耀万物的一瞬间
我知道我已摆脱卑微

我听到了那条勒紧我心脏的绳索断裂的声音
那么细微的一闪
顷刻间让我手足无措
这人世，是谁在眷顾和垂怜我

水

幸亏是阴天,你伸出左手
测试气温
阳台空旷着　树梢空旷着
昨晚有寒风来袭

幸亏停水,不然我可以是个快乐的主妇
用劳动把冷空气温暖起来

你知道地心是热的
但被孤独浸泡
水　最动人处在无人出没的山涧
那里连鱼也形单影只

当冷空气平静下来时
你开始心怀鬼胎
开始趄向一种结局
——越冷越远时越能触摸到彼此的内心
冰山便在那刻融化

天气预报

草坪上拔草的身影不代表什么
冬青树满身的花不代表什么
我乌黑着的情绪也代表不了什么
黎明才刚刚降临

我也不知执着地想晓得天气的原因
太阳花还在等待快递送来泥土
月季已经开了
紫茉莉只喜欢早晨和傍晚
其实天气改变不了什么

其实下雨或者有太阳,奇迹不会发生
我的世界更靠近幻想还是现实
日子不会发生什么
只是突然明白母亲每天在天气预报里
快递了我永远收不到的牵挂

为什么

我知道追随你是一种徒劳
你的天马行空,远胜过鸟的翅膀
而天空在不断外延,不断
与你捉着迷藏
这是一次危险的旅行
我的归宿是一棵树的状态
我有一个花园,一盆正在开放的太阳花

有时候宿命是另一种命运
爱过了,心
便悬挂在每个路口
爱过的人,养在自己的花园里
明知道事与愿违
却乐此不疲

我

我的天地在哪里
我的尊严在哪里
我的爱在哪里

我可以仰望星空
我应该崇敬星空
我需要跟随星空
但我不一定到达星空
不一定适合星空

星空于我
是一面旗帜
一面镜子
一根鞭子
一个尽头
一朵蓝色妖姬

我于星空
什么也不是

我只是大地上一棵草一个土坡一只蚂蚁
与自然有关
与上帝与佛有关
与爱有关

我还纠结什么

如果我想让你复活
我只需让你在我心里站起来
用我的思念浇灌你

而如果我想让你隐退
我便要用眼泪洗刷你
一遍又一遍
直到我累倒在爱你的途中

复活与隐退
早已织成了我们的人生
只是泥土上生长的小花小草
掩盖了秘密

如果你也认可这样的结局
我还纠结什么

等你

一

我必须先等到天黑下来
等到眼睛开始发涩
看街灯如看星星
看风席卷花盆里最后一朵矮牵牛
看玻璃窗前的眼睛
开始自嘲
开始念叨
我对窗台上的蝴蝶兰说
你才是真正的聪明女人
现在　我要去睡了

二

来的却是雪花
候鸟全部迁徙

等你　不能用昨天的心境
更不能赌上明天

我对自己说,如果不甘
就试试拿起火柴
点燃一生积攒的食粮
这些为你准备的粮食
几近腐烂,却仍在增加

雪花还在乱舞

断桥已断

有雪或无雪的日子
每个人都为了你

春风一波波舒适地来
桃花一朵朵美艳地开
人在桥上熙来攘往
拍照、嬉戏、吃零食
想放风筝
想喂鱼
想走断你

没有人想起
白娘子和许仙一直在桥上

倾听

我们可以倾听什么
三月最后的日子
雨淅淅沥沥
有一只鸟在林子里哀鸣
楼道里一个婴儿在咿呀学语
远处雪正在化成最后一滴水

亲爱的
听到什么全凭我们的心

天空

亲爱的　此刻的天空有一些湛蓝
有一丝暖风在轻抚草尖的晨梦
我听到了一些爱的细语　快乐的笑声
初冬的清晨如此美妙清甜

我们分离已经多久
忧伤已变成清晰的眷恋

我没有忘记　也在这样的天空下
你遥远的轻语
使花朵顷刻间美得无与伦比

亲爱的　天空
又一次融化了我木然的思念
领悟爱情不朽的秘密
一种命定

咸

咸的深刻无需回味
一如对水的向往无需茶叶
无需咖啡加伴侣或者牛奶
更无需一盏柔和的灯光
不是渴望和欲望
是互补
到底谁更需要水？
到底你更钟情谁？
如果没有水，我们将双双因咸或渴而死
是谁又在水里喝到了甘甜和存在

有多少人会因教训而放弃
又在从中享受过程的美丽
幸福从来不是终极目标而只是借口
你是我的水，而我也一定是你的水
但我希望你是因咸而需要水
如果你知道个中原因

第三辑

如云倒映在你的水中

姐姐

姐姐,原来古老也美如花朵
被四月的阳光映照
爬山虎叩开了古堡的门
你从木槿里婀娜出来
用诗歌敲开我的门窗

受谁的嘱托,姐姐
银河一直在你身边
船和桨在你手里
你知道,姐姐
我只有遥望
只有夜晚孤独闪烁的星辰

你渡河而来
受谁的嘱托,姐姐

姐姐,春天里
男人虏获了所有的女人
让她们打开了子宫温暖的大门
看,风摇落了成千上万强壮的精子

我前面的屋顶
女人们正在幸福地释放多情的卵子
姐姐,隔着幕墙玻璃我终于明白
诗人的梦呓从何而来
明白,女人为何走不出
咖啡和玫瑰的吸引
明白,让古老美成永恒的花朵
因为爱
需要善良和纯粹

姐姐,你款款而来
因为谁

等

最好不要想你出发的位置
想鸟在树枝上雀跃
春草在泥土下孕育
冬天的阳光可以穿透更厚的大衣

总有鸽子飞不到的地方
那里沙子堆成山脉
阳光安静地触摸心愿
你来与不来
风就在那里

我就等在这里
风冷过发梢
挨不近阳光的温暖
看不清鸟的身影
跟随西斜的落日
如跟随你的脚步

如果累了
我还有末班车

但我没有告别的语言
我的心安放在鞋印里
它已踩出浅浅的形
已有草弯下了身体

你来这里时
我希望这棵春草告诉你
关于背叛的故事
关于疼　柔顺　尊严和无所畏惧
关于你
我最大的心愿

我知道你不会来
我等的是自己
我的背包因此沉得欣然
我因此可以在所有的旅途中
和你相遇

笛声

黎明来临　今天你晚了
风已吹开杨花
众人已换好出发的舞鞋

你晚了今天　我要艰难地在众音之中
寻找　分辨
你笛声中的主旋律
然后
给自己的一天换好衣裳

什么时候
我可以揣着你的笛声
目空一切

渡（外一首）
——读友人《途中》摄影作品

是上帝或是神祇
我听到了召唤的声音

一千次的考验
不止是一路的泥泞
一路断岩　残坡　峭壁
一路生与死　一路犹疑与徘徊
一路女人温柔的怀念
而如果只站在山的高处再高处
就无法亲近大地　亲近岩石
这地球之子　自然之子
我的炼

一万次的考验
也只是又一次的整装出发
一次与泪人的告别和千叮咛万嘱咐
肉体总有腐朽的时候
唯有我的灵魂　啊上帝
啊我圣洁的神

凡俗的躯体

只愿永远执着于对你的仰望　膜拜

只
愿
在
向
你
不
歇
的
渡
之
中

可可西里

——读友人同名摄影作品

你遥远得如同梦境
遥远得不敢拥你入梦

原来羊群放牧在这里
原来海静谧在这里
原来辽远又辽远的天空

不是
我遥不可及的向往

远方不再远
我的放牧的人我的航行的人
我的夏天里走过一个山坡又一个山坡的美丽的人
我看见你手捧可可西里的花朵
驾着风走来
驾着海水走来
策着马儿走来
唱着情歌走来

今夜我不再是失眠的孤人
今夜
我将枕着你的手
枕着你沧桑过后坦然的笑
聆听你的心跳
聆听你从夏到秋　冬到春
生命一次次轮回的辉煌和淡泊
今夜
有你温暖的胸拥我入怀
拥我超度凡俗的魂

湖

心啊　你以湖显影于天际吗
让小小的人子们那丑陋的形
倒映在水中

站在湖的边缘
我因圣洁而沉默
指点群山　这是人子的骄傲
汲取神灵的威力
祈求湖水蓄满山腹
浸染白雪覆盖的山峦
让欲望之花长开不竭

我只想让雪水的清冽洄流成湖的血液
在黑夜升腾温情　如太阳在黎明的微笑
我们渺小如蚁
爬行在湖的水波　沙的褶皱
以及　树叶的茎脉中
珍惜生命中爱的分分秒秒

人，以思想之子的名义统治辽远的地球

从对坚石的征服中领悟自然
但我只想领悟
你最柔软的部分
如何把我击碎　成
最深邃的牵挂

告诉我，如何使翻滚我精神的黄色渴望
漫上你美丽的深谷
就像清澈之水
对山峦的映照
这是我此刻的向往
我要你　像山对水的拥揽一样
拥我入怀　憩息万年

绝唱

生命之树　你只为爱生长
像只屋顶的晨鸟　啁啾
那越过沙漠、戈壁　经过黄河
到达长江边岸的神箭
你歌唱　爱就是老树着丫
是你不竭的灵魂

幸福和痛苦交缠着成长
蔑视春天　你将一生献给诗
除了爱　你的生命已空洞如穴
你在时间的边缘　走了千年
扇动着不息的翅膀
上帝给你呼吸　你只想寻爱

你终于先人而去　将美丽的伊人
驮在微躬的背上　你的智慧因美的诱惑
出神
进入你用一生编结的网中
在离爱人玉白的玫瑰咫尺之距
倒
下

至死不渝啊　唯愿
耗尽生命之气　游向野性之源
舒展压抑已久的身体沉入玫瑰沁人的领地

爱欲流成的河已汇成海
而生命之船
已在江南的一条浅河中掀翻
上帝之手迷盹中
错将智慧和美种在了不同的人生
丘比特的金箭
终于只穿透了你孤独的胸骨

在死亡的门前　你再次拉起少女的手歌唱
少女啊　何时用你的媚眼暗示一次
不屈的勇者　爱无罪
爱就是让炸弹绑在胸前　在你面前
拉响导火线

在爱中走过千年　你终于疲惫成伏地的海龟
枕着死神的臂弯吮吸幻影的蜜汁
将哀怨的双眼绕住少女的裙带
在与神祇的最后对视中
生
命
衰
竭
消
失

浪漫场景

一个浪漫场景
因我的独坐而生
这是一个有风的周末之夜
我坐在音乐广场一张
撑着太阳伞的椅子上
我的面前放着一杯被垫上洁白纸巾的橙汁
我目空一切
一双无焦距的眼睛掠过周围的人群

一对对情侣相拥走过我的面前
一个小男孩掷掉手中的冰激凌盖后
看看我又折回身捡起来掷到垃圾箱去
开始有人来坐在我身边的空位上
又因我一脸的神情而离开

每个人都能读到
我满脸的等待
这份等待是这个广场
一幅最引人注目的浪漫场景
每个人都能透过我的神情

读出你正朝我走来

只有我知道
这个夜晚没人与我约会

修
——写在友人油画《日照秋山》

我想把自己修成一朵
风中悄然凋落的木棉花
远离枝头的念想欲望嗔痴
走近泥土

我想修成一汪风吹不皱的湖水
波光潋滟笑揽飞鸟云彩
成另一片天空

我想修成一只远古的青花瓷瓶
把所有的故事凝成时光
留给别人

我想修成万毒不侵的躯体
修出永远迷人的微笑宁静坚韧
甚至幸福
只为抵挡你的入侵

但我知道我修不了我的心

即便天天坐在菩提树下
总有一片枫叶
在为你燃烧
……

五月

五月有什么消息
我在江南的小桥上看水流过柳树的影子
看一对渔民将乌篷船划进桥洞
一朵梨花结出了果子

五月已是结豆结桃的季节
是流着奶和蜜的田野

五月没有消息
邮差不来
他忙于耕种自己的麦田
蜂鸟也忙于衔草筑巢
甚至狗也不理人
它要追逐自己的爱

五月我想熄灭所有的灯
只想田野
想我的睡眠
想一群雁快回来了
想六月要怎么过

我在五月想到了秋天　和
冬天的光景……还有明年的春天
我的粮仓
我的双手
我的智慧
我还有多少风韵魅力

我可以不想
但我不能不想
你说过五月要来
五月有三十一天
江南刚过了乍暖还寒的日子
我在去年的长裙外又添了薄衣

我想用最后的美丽迎接你
你会来吗……我想你来
让你抱抱我我也抱抱你
就像抱春天和被春天抱一样

鱼及一片燕麦饼干

当我咀嚼一片燕麦饼干时
鱼缸里的游鱼正在寻找
失去一天的空间
它们的舞步游弋在我牙齿间
粗糙的燕麦粒子里

津津乐道　它们
一如上帝在高处降临福祉
不知疲倦的身影
向我辐射无忧无虑的快乐

一种智慧
隐藏在游弋的宁静里
使我百看不厌
如同反复咀嚼的麦片
在唇舌间荡漾起四月麦子的清香
这是一个被遗忘了的暮春
我们像一个真正的诗人
在季节里畅游每一个诗歌的意象

今天　这记忆
由鱼的尾巴重新扇动而来
我在一片燕麦饼干里
找到了克服烦躁的动力

最后的马祖卡舞曲[①]

你的灵魂正由别人演奏
因为你的手已在颤抖

这是你最后一次想家
最后一次你环顾四周
头顶有雁飞过
炮声早息
爱情早逝
甚至生命也将远逝
只有你的血依然火热
你的忧伤　你的无奈和无助
你的爱　依然

二百年来　这支最后的舞曲
无法起舞　却
依然在这个夜晚
使我蜷缩在柔软的红椅背里

[①] 在法国生活的肖邦只要想念祖国波兰时便会创作马祖卡舞曲。2010年10月我在深圳音乐厅听以色列钢琴大师阿里·瓦迪的钢琴音乐会时听到了这支马祖卡舞曲。

和一双已然苍老的手
一颗紧随你的心
黯然落泪

我不知道是哪一个琴键
敲疼了我心最柔软处
让我走近二百年前的你
我们孤独相会相怜相惜

唯独无法相助

誓言

爱着　我们也需要一种外在的
如装饰　由心底之河流淌而出
我知道我们彼此挚爱涓细和缓慢
从朴素的草丛起步　跋涉过
欢快的山涧　冰冻的独木桥
在塔楼下重新凝聚

竖琴在某个月夜奏起
由心肺一路到达嘴唇
我们听到树林中小鸟的歌唱
吮吸是最初的陶醉
还有义无反顾的奉献
欢快的感受中站着上帝的影子

我们如相信太阳的光辉一样
相信爱应深入　摒弃庸俗的物质
那触手可及的虚伪
彼此面对时赤裸着身体和灵魂
但我们却掩去了众人面前的牵手　这种
最朴实的装饰　把表达存于内心

存于一遍遍心的聆听里　带着
一丝时间隧道中行走的忧虑
还有　对抵御能力的不信任
这是人的特质　上帝的另一个惩罚

我们一生都将眷恋肌肤的感受
在忘却中不断寻找　或者从回忆中
在女妖的舞蹈中幻化体验
生命因此不分体老和稚嫩
只有血液流动　唯一的存在
我只怕你记住痛苦　怯弱
将永无机会靠近一扇打开的窗
聆听竖琴的倾心相许

我们最终会迷茫于雪和血吗
那最深刻的信任　在浇灌中
死于精心
永存的将是誓言　一棵苍翠的松柏
在蓝天下发出迷人的笑

如斯

第一幕　追忆

顺着棕榈婆娑的小道
你唱着急切的歌儿　从树的风梢
跑来　太阳
用金链圈起你长长的发
裙裾摆成渴望的河
我在远离你的地方晕眩　迷离
合着歌的节拍
叩谢天帝的眷顾……

第二幕　鹰和众神迎接

鹰唱着同样的歌　从
山的另一边起飞
黑色的羽毛掀起澎湃的海
列队颂诵　为你而泣

洁白的玫瑰、黄色的百合覆盖着你
静卧的姿势让天地为之动容
这个接近正午的时刻
达芙奈正从千年等待的枝上为阿波罗
盛开最美丽的花朵
你平静如水　如雪
双眸被粉色的云朵缠绕
执着的表情　仿佛接受天使的亲吻

风顺着树枝　还有可爱的鸽子
为你而舞　就连水中的鱼
用飞翔的气泡、生命之水
跃出　如果你需要陪伴
爱人啊　正手执鲜艳跳动的心
……

第三幕　升向天国

你仍如此平静
将黎明湛蓝无云的天空倒映给众灵
我用凡人的肉眼看见蜕变的细胞
将你全身裂变　痛
已使你变成紫色　紫色的花朵
瞬间开满山谷　星星

为你在白昼缀满蓝天

爱过才明白心痛不是死而是要生
刻在骨子的刀有千层刃
是一万双手无法抵御
而折回不是退缩　就像选择
天葬——
只为让爱更加自由　高洁

肉体的生命啊　只须上帝之手的
轻轻一拍　或者
一次不慎
但我没有看见你受伤的挣扎
这是你的期待　像蜻蜓在水面的点击
你用从山顶流淌的天水
洗濯伤口　并向你热爱的群山
述说你执着的追求

第四幕　追随爱而去

因为凡俗　我无法滋生翅膀
像云随你而飘
像只被敲打而只能微弱地扇动躯壳的蚂蚁
欲哭无泪　但我听见
你起自心底的呼唤

从被鹰高高背负的天空传来
从山谷众神对你的迎接中传来

你一定看见我奄奄一息
俯卧在时间的长河边日渐衰竭
我将为爱　为爱的懦弱
只配得到永久的梦魇
在梦中欢欣　在梦中死去
然后幻化成萤火虫　鹰的羽毛
追随你到天国之门

爱的泥沼

一

亲爱的　我落入了森林中的池塘
满身濡湿　双手高擎
递给我一根树枝吧　或者你的手

池塘里漂满落叶　那如梦一样
美丽的忧伤缠绕着我的全身
我知道　即使我走出水的缠绕
我还有一大片森林要走
即使我成了林中仙子
还有引诱你爱我的艰辛要爬

二

亲爱的　你真的没有听到我的呼唤
你的热情隐藏着逃避的狡黠

你想让我放弃

我在黄昏里眷恋晚霞　那道紫色的
湖光反射着你的神秘
那是你的气息　爱意的光环
一如忧郁的气质对我的吸引

你瞧　此刻黑夜沉沉
孤独的虫召集忧伤开始噬咬
我的意志　不屈的灵魂
因你的幻景而拉开搏斗的宝剑
舔着伤口我享受着被爱刺伤的疼痛

三

北方的骤风带着暴雨蜂拥而来
亲爱的　请撑开你的伞
揽起我的腰　去海边
看日落

夜很短　请收起你鬗鬗的长须
朦胧的目光　读尽
生命的含义　再还给我
飘逸的风度　潇洒的气质

我愿被你的假意陶醉

四

我知道我最终会在你的沉默中
变成一座石雕　如果这样
我也要成为被人瞻仰的灵魂
爱的不屈者　会受人尊敬
比被爱更加不朽

枯竭的肉体是虫蚁的佳肴
对爱者的歌唱　永远是高洁
鹰的追求　请相信

五

蝴蝶的翅膀扇动的爱意
留给春　蓝天　以及生灵
你何时走出伪装的幕后
舒展僵硬的肢体和躬着的脊梁
让我读尽你美丽的真实和谎言

太阳

穿过了林子
竹林的叶子已经斜入　我
歌唱的屋角
我要用诗分裂你的意志
让你沉入我的咏叹
如入泥沼

爱情午后

选择夜晚清洗血液
在无人的荒漠面对孤独的月亮
割开动脉

此刻那个人正坐在七楼的平台　阅读
别人的风花雪月
手中的紫葡萄泛着神秘的荧光

满脸冷漠的快感　在关门的一刻
如打开的水龙头
一辈子就这次你要坚守女人的尊严
义无反顾　让温情来次脱胎换骨
让爱在盐水中仰泳着到达彼岸

总是有秋虫用啁啾摇晃你长凳上
即将入梦的知觉
让你想起岸边停泊的小木船
那柄古老的船桨和月光的共同守候
生活如森林中的兽印
被猎人的嗅觉追寻

即使你已依偎在爱人的臂弯
在皎洁的夜晚阅读宁静的厮守

有什么比梦境更难以捉摸
像一团浮游的水母
消失在黎明的窗口　让你欲罢不能
浑身虚脱如泥

在日子的花园里
我们如沙漠中爬行的变色龙
转动全角的双眼却无视欣赏
被孤独逼迫撕咬走近自己的心

又在无月的夜晚舔食如烛的蜕皮
用沉默疗伤化淤血
不遗余力　就像当初追逐欢心

雨滴

——听肖邦降 D 大调前奏曲《雨滴》

马略卡的雨淋湿了你　亲爱的
雾霭般的情绪围绕着你
越过蓝天以及地平线
你将欢愉和忧伤挂上春天的树梢
将一种叫爱的东西雨丝般飘洒

马略卡的雨述说着爱的焦虑
雨滴
将凡俗的一切冲入地中海
并且……漫……延……

那属于冬天的雨滴
以忧伤的巨大威力
穿过百年时间隧道
将远离地中海的我击倒

我知道你一直听着《雨滴》
透过幕墙玻璃　透过
如织的人群和蚂蚁般的口舌

你听到的是什么
……

我听到了呼唤　在
心灵的深处　一个细微却固执的
声音——去爱
　　——那里有生命的春天
　　——有活着的意义
　　——是自由和自己

雨滴　落地无声
谁能画出伤痛或者快乐的影子
述说心破碎的声音
刻骨铭心或者不顾一切
唯有走入雨中
听声声敲得碎心的雨滴声
只有心跳和雨滴合二为一
才能破译

别

就在这里离别
在千千万万人告别的地方离别
当着千千万万离别的人面前告别
没有眼泪　没有言语
没有拐弯处最后的回眸

一聚一散　我们连古人的柳枝都省去了
连那碗告别的清酒也省去了
甚至连下一次相见虚空的约期
统统省去了

任两个登机口
两个不同的航班
在同一个天空同一时间段无声地升降

从此　你的北方成了我的南方
而我的南方呢
也许常常被你忽略
也许会如梦般偶尔蹑入你的夜晚

不潇洒又能如何

没有约期又怎样

我有

沉甸甸的心绪忧伤的眼泪和情不自禁

证明给自己

放下

我们都读过一点禅的文字
只是不愿将禅意贯通到自己的人生

我们都稍稍懂得一点禅意
只是不愿放弃欲望张扬毁灭

如果
欲望没有将一种叫本性的东西烧尽
你和我一样
平凡成菜地里那一棵棵欣欣白菜
沉迷于花肥和农药的阴谋里

我还剩下什么
别光看我的外表
有人读过我内心深藏不露的忧伤
但很多人喜欢我晨曦里恬淡的微笑

许多时候智慧就是电光一闪
譬如此刻
窗外有滴滴答答的雨声

那是深秋最感怀的精灵
与这个精灵相视而笑的一刻
我拥有了一份禅意

我轻松多了

我在六楼的阳台（三首）

风

我这么爱风
却只能把风关在窗外
我的腿排斥风
我左侧的身体触碰到风会生生地疼

我这么爱风
所以不会让风陌生在窗外
我留了一个小小的缝
我裹住了我的腿和身体

六楼的眼神
可以停靠在树梢
可以跟随踩单车的身影
风里有多少尘埃
就有多少颗心
多少流动的血液
多少笑声和哭泣

还有
上帝的手掌

我渐渐地认命
接受我与风的缘
把风关在窗外
把给你的诗留下

孤独

四月　有风有雨
最后的乍暖还寒
我离邻居阳台里进进出出的亲切
越来越远时
我与建筑工地工人的劳作越来越近

我开放我的花园
把整片的矮牵牛给他们
他们给了我
强壮的体魄
和仅有的两个女人调情
掷脚手架钢管刺耳的噪音
……

他们喜欢衔烟讲话

我想我能听清就好了
那样我可以潜进他们的心
探寻他们快乐的根源

我的心闲置得比沉默更久时
你便成了可有可无
我宁愿你是一颗被风吹来的种子
落户在我的花园
让我成为一个农妇
如这些工人一样

陷阱

野鸽子终于在午后飞进我的视线
它灰色的羽毛和天色一样
翅膀滑出一道弧线后
停靠在对楼的阳台

我的阳台比谁家都美　敞开
但野鸽子根本不屑

我还奢望什么

我还要奢望什么　如果
山上有布谷传唱晨歌
树林里有月桂暗香
我的窗前有蝴蝶轻缠花蕊

我有你的泪　你絮絮的耳语
有你可以赤裸给黑夜的星星一样的坦诚
我还要奢望什么呢　我的风

要泥土一样坚定的信念吗
要用坚毅的眼神　水一样的胸怀
等你从遥远再遥远的天边
甚至从你不拘的游魂里
降临

等你

等你面对着我　轻轻地叙说
等两颗心

又一次款款地靠近
……

世界会在亲吻里孕出一个春天

风和草

来和去你从不需要招呼
就这样给我惊喜给我无措给我不尽的等待

永远来不及反馈
哪怕眼神的羞涩
统统被你读成昨日的故事
读成诗和画高挂别人的书屋

你的美妙尽人皆知
只要不是在冬季
只要温柔再温柔些

我的风情也有万种
但我的风情被你一次次等待
又一次次滑落

我知道你会想起我
会有一百次想抚慰停留我的身边
但只要有红杏墙上的妩媚在
我便永远不是草原上

你倾情诵唱的轻歌

谁是你最最温柔的情人
一万次我都会说——我是

但我知道
除了谢幕
你永远不知道

鼓浪屿（外一首）

这会我才知道
原来我前世的梦落在这里
原来我就是你身上的一颗贝壳一粒细沙

你是湛蓝的天空
是温暖的海风
无数人归入你怀
而我局促的脚步我忐忑的心
徘徊再徘徊

读懂了又怀疑你的心
你是否会一再忘记我的约

走不出你的岸
就如同回不到你的约
今夜远方有另一片风帆
亮你的额红你的脸跳你的心

你又会拒我于千里之外吗

爱你在今生在今秋在今晚在此时此刻
爱你
只有等待
没有希望

读你

一路上读你

在紫金温泉山上的夜色里读你
读你的月色

在鼓浪屿的日光岩上读你
在厦门的海滩上读你
读你芳草鹦鹉洲的友人

在回深圳的高速公路上读你
读你的《一剪梅》
读你下一首诗的主人是谁

读不尽的是你的遥不可及
你的神秘莫测
读不出的是我的痛
我一千公里高速长长的尽头
没有你在等候

美丽的圆寂

静默时　世界回归我们俩
闭上眼的一刻　春天成了女妖

亲爱的　我们已完成重逢的仪式
这个季节众人都在逃离耕耘
田野里再次飘满冬叶涅槃的烟雾

欢愉的余音已被蜂鸟驮离树林
正如阳光下雨滴给人的幻想
我坐在阳台清数
内心的忧伤　聆听
心灵的吟唱　这个
不可告人的秘密　连同你

今天　只有树叶与我为伴
只有风可以倾听我内心的疼痛
我的灵魂又一次踱上孤独的山坡
等待神灵解救

我内心的跪叩和落寞证明一种流逝

被无言取代
它源于我们彼此的理解和疼惜
抑或理性的省悟
皈依于真正的圆寂
或者美丽的小歇

又见周庄

不是美人出地
但总有吴语软绕画梁
小舟轻摇
唱醉河水和岸上的人

穿行在古老的巷陌
我们像花中的蝶
深行浅出
你说
在周庄一定遗落一段缘
所以才如此亲切如梦
而今天我是被你拽入梦境的人

我猜测
那庭院曾是你作诗的境
翠竹鸟鸣
有碎步如风移来欢歌笑语
而小轩窗有美人纤手玉指
……

一路轻敲石板
窄窄的小巷
满脸吴越遗风
没有美酒和夜光杯
只有七月灼热的骄阳
把我们如丝般织入古城画卷
织入双桥石级和清潺流水
但你坚持说
这一切只是故地重游
……

今晚我在电视上又见周庄
但——
除了你的缘如今我都忘记

忧愁（外一首）

今天好早，梦刚醒你就来了
从一楼到顶楼，个个窗户被你推开
我花园的门也被你打开，月季刚剪去枝条
扁豆架昨晚刚搭好
天地映照在你的眼里，你映照着我的喜忧
风去哪了，如此温和的早晨
幸福的人都在抚慰对方
相爱的人相拥说着情话
哪怕最冷的人，也仰起脸
触摸到了期待
但我想到了什么，明天
也许你又会被掳掠
也许你又去远行
也许，从此一去不返
如南方的大雨般

命运

我牵引着你，笨笨拙拙

我想把真叶交给太阳,让双手
顺竿,不
我只有区区一百六十厘米的身高任你攀登
所以你必须走完五个圈
每一圈都留下自己的身影

我是你的什么人,这是个秘密
我知道你更在乎太阳
但今天你的确被我俘虏
就像我,被轮回宿命
密码被爱掌控

可否互相依偎
取决于我是否放弃太多的愿望
除非我放行你
除非你顺从我
花肯定会打开,果也会有
只是这世上会多一份怜悯

雨遇

走入雨地，我的心是一扇沉重的门
被你急切的拳头捶打
驻足的脚步里仍有年少的紧张
我不能用艺术的字眼　修饰
我成熟的面容和历经岁月的沧桑
像天空下一声鸟鸣的脆亮
顷刻间我已向你坦露每一丝心绪
我四月里蚕豆花一样的渴望

爱人　静寂的林子里
有大片的雨声落在叶面
有我忧郁的身影缠绕着树枝
泥泞爬满全身
愁怨的幻影如雨滴声声
记忆的门被悄然打开一道道缝隙

这只是一个普通的雨天
我只是被雨淋湿心绪走入林子听雨
又一次与你不期而遇
然后和以往一样轻掩门扉

再无觅处

又是黄昏
这春天的第一场雨
气温降到地平线下
少年躲身地老天荒中　你
带着无趣无聊的理由
只想把臃肿的眼神疏理一次
都说从一个城市走过
如同一朵花开放的过程
而你刚从纽约回来　那里
你已习惯每天去中央公园
和自己的影子相伴较劲
心还是被掏空了　这个意外
如同经历一场劫
一生本来那么长那么丰富
被一劫简单了　人生在世
原来只需照料自己　别人
与你何干
那个你一直以为最爱最亲
最需要你的人于你何干
交出了四季的田园空空如也

你守着空荡荡的壳寻找阡陌

这一生太过忙碌　忘却了

有一些东西转瞬即逝

再无觅处

我的心思

把葱头剪下,分株,插入花盆
把剥开的豌豆蚕豆壳埋入月季花盆
把正在茁壮成长的紫茉莉移到阳台南面

每天一早,我忙着干这些农活
比勤劳的农妇更加细心
农妇不会去扶正一根折腰的小葱
不会用手去捻死肉麻的蚜虫
农妇的心思落在干农活的效率上
我的心思在如果有更大的花园或者一片土地上

我在一只花盆上停留的时间比鸟起飞前的歇息更久
我总想和花盆一起起飞
和农妇锄头的心思一样
和清晨的阳光一样
和豆荚们急于融化自己的梦想一样
和阳台只有五个平方不一样

每天我铆足了劲痛苦和幸福在这五个平方
它在六楼,只有半天阳光,没有雨露

如果你知道
我所有敞开着的心思，偷溜出去的
是这朵随意开放和伸出抚栏的玫瑰
以及这些齐齐地朝向同一个方向的身姿

迷茫

当我们自嘲自己的梦想时不会自嘲身体
梦想成了虚幻泡影,身体却正在走进我们的肉体
人到中年,最珍贵的是一日三餐
把转基因和黄曲霉素
甚至夫妻间的亲密,那曾经的不可一世
当作烂叶堆在泥土里发酵

我知道有一日它们又会成为营养
就像土地对于一心想进城的农民
我们不断重复错误贪图眼前的快乐
而世事总也如人意,落下去的太阳第二天竟又升起
唯独人的心　回不到
昨天看一只雁,一朵云的状态

此刻,我的腰又在无端地生疼
身体不适时心开始游离

这样集体行走着,我们彼此搀扶
不知道路越走越宽还是越来越崎岖
不知道该去敲上帝的门还是走入世尊的菩提树林

面具

这个美丽的面具是威尼斯酒店的礼物
它作为双人午餐的见证
被服务生意味深长地放在我们之间

靠窗的双人位　吃西餐
这是我们坐过两次的位置
音乐和着流水声像风鼓动着我们的情绪
我的双眼时常透过玻璃去寻找水中游鱼的快乐

聊了什么
我像个恋人般倾听你所有话语
我记得我的叉子很自然地伸向你的碟子
那是几片红色的泰国西柚　你说太酸
我的举动有一些情不自禁
一如我有些酒的晕眩
我的心久久温暖在你过到香港特地来看我的心意里

那天你把酒店的这个礼物留给了我
给我这个礼盒前你打开看了一眼
然后我们离开酒店

我又一次像恋人一样送你到去香港的口岸
过关的一瞬间　我们拥抱了二秒钟
你给我留了耳语　而我
用含情的目光和身影一直送你到尽头

这是个甜美地微笑着的泥人面具
至今我仍不知道应将其放到桌面
还是藏入抽屉的最深处

苹果

欲望之果从伊甸园出逃
随着飞鸟　夏日的风
轻轻地
来到你的手中
一如火焰在某个夜晚升空
牵牛星隔着银河开始舞蹈

苹果　是沙漠上的小太阳
在黄昏爬上山岗
你的手在黑夜里轻轻摸索
阅读　苹果酱红的色彩
以及光洁的肌肤
惊悸　和着闪烁的灵魂
人子对情欲的诠释

苹果　倾斜于清晨的风中
从地平线　树梢　水面
所有你的目光能够掠涉的地方
与太阳的金光一起　刺激
你的舌尖和神经

逼迫你站在尘俗的草地　呼吸
水波一样的柔肢在风中的起伏
静寂中你的花蕊随水升起
你抚摸苹果像抚摸天上的云
任仙女如絮般的温暖　灼烧
昏昏欲睡的身躯

离苹果越近　毁灭之巫
如命中之鸟飞抵树根
你只有用手指抠去从皮层渗出的血
用颓废的双眼
默送　苹果
在盛夏的又一个早晨
作最后的谢幕
轻轻地……

亲爱的，你是我爱情般的信仰

一

亲爱的　我桌前的油灯已经点亮
我泊岸的准备已经就绪
窗风弥漫的初春　一轮
新月正照耀着我们的前程

亲爱的　黎明时节
寺院里鸽子在翱翔
僧人的脚步正围着转经筒成为晨曦的远景
快来将我们的灵魂交付
神灵　引领我们出发

二

是谁木然了我们的眼神
昏黄的暮色里　你怅然如风中的草蒿

四周黯然
一页白色的脸空洞地对我述说苍白的热情
我们还剩余什么　年轮抑或激情
无须看眼角的皱纹　我的子宫
正在为岁月呻吟　而我的灵魂
在痛苦地寻找归宿
寻找一个怀抱　将我来时的路重新照亮
铺满安详的鲜花
是啊——
我会不舍凡俗的每一份记忆
希望将你带走
希望一如既往爱你如斯

三

可我还是害怕　生命和灵魂
无处着落　你更遥不可及
智慧和理性使我们日益生痛
反叛和冷漠
在远离你的时候鞭策我灵魂的苏醒

亲爱的　对你
我怀着爱情般的信仰
只想靠近你
靠近你在我生命中回眸的一瞬

如云倒映在你水的天空

用我们穿鞋的双脚　去翻越
石级以及山顶
那里有爱者的天空
索道尽头敞开的伊甸园之门

亲爱的　时间如刷子
在我们的身上涂抹颜料
像守候一株幼苗
我守候着忠贞
穿越一片又一片树林

当水选择吉日　漫过
我的呼吸
太阳将再次披着轻纱
飘过头顶　亲爱的
你还会跨上白马
为我作最后的颂诗

我无法走出自垒的城堡
只好让水如你环绕我

在洞开的天窗　编织
随风而飞的地毯
在第一千零二夜
按响出发的开关

亲爱的　我知道
有一种爱无法任性
甚至企盼　却有
无数根须晾晒于尘俗
读尽温情
被泥土包围　蠢动
又细又韧　催生
生命之芽

而爱永远是池塘之水
在黑夜被蛙群诵唱
一如死亡时的孤独

上帝用嗔怒的眼神
归顺凡俗的邪心

我要如何去爱　才能
得到一注祝福的圣水
如云
倒映在你水的天空

如何

如何打扮才能看上去高贵
才能不让人怀疑
这样的阳光
这样绿中泛黄的树叶
这样熙和的风
　一条远而幽静的小道

如何营养才能看上去优雅
才能不让人犹疑
这样的温婉
这样的小鸟依人
这样甜的笑容
一个宁静而朴实的人生

我视野最辽远处
是乡村的原野
一栋泥房
一树梨花
一条小溪
即使来到城市

也只看得见市井的嘈杂
快乐的三餐
洁净的客厅
窗台上一盆蝴蝶兰

有时也想
你的世界会是什么
当我在原谅人与人之间太多的计较
当我在宽慰自己生活足够富有时
你要的和放的是什么
人的一生和我们的关系是什么

每天夜里我总会
为孩子能否拥有平安幸福的人生忧虑
为家乡老母亲的孤单寂寞心疼
这是我的世界
离地太近
就是一棵弱小的草
一只渺小的蚂蚁
这人世，去日苦多
我要如何放下生命的幻想
如果每天可以舍弃一点
我的人生是否会越来越轻松

你在想什么呢
如果我们坐在一起会聊什么
但我会试着理解你

哪怕你想把我放弃的一并获得
这是你的人生
如果我是小草
你是天空

走出爱情

出入你的领地如出入迷宫
白色的身影飘过黑色的眼神
染绿整片陆地
牛哞叫后
产下奶　还有
伏地崇拜的仆者
赤足行走　用洁净的双手
心灵　围绕你
如围绕神
对于你　爱
更像是突然降临的飞鸟
用羽翼歌唱猎人的双眼

你终于手足无措
准心　在扳机
扣动的瞬间偏离视线
坠入爱河　你如坠入云层
在清晨　用拖地的长发
宽松的睡衣　仰望上帝
群羊如云　在你手执的玫瑰下

呼唤赤道上的雨水

你高高的尖巧小鼻子　被
红色的土地和紫色的阳光
重新复制　还有爱
带着篝火　童话　浪漫　赤道的炎热
如火山口喷出的岩浆
注入你的生命

你柔韧如柳
爱使你成为坚强的女人
像一棵沙漠里独自耸立的红柳
天低树高　无与伦比

但孤独如夜灯　在子夜
蘸着咖啡的浓香和苦涩
燃烧着你等待的生命　爱
永远在亲吻后进入下一段里程
你的长发揽不住　一颗
流浪的心　在山间出岫
……

在一场大火的焚烧之后
你　带着不育的身躯　记忆
坚毅地走出爱情
如同走出异域

谁能说真的爱过

许多时候你不知道说什么
明明在眼前,却如同看一张旧照片
把自己装进相片里　定格
让里面的人去倾诉　任你去意会

许多时候　相会不需要时空交错
几十年的冬眠　玫瑰的花苞
隐退在过去的春天
谁没有流血结痂的痕迹
错过春天的一次次绽放

谁在春天来临的夜晚
滤去血中的杂质把心清洗干净
谁便知晓第一场风暴的威力
谁身上没有留下难以愈合的伤口

如不能炫耀伤疤
谁能说真的爱过

第四辑

宝贝

远方有多远

你不知道我给了你一块土壤
悄悄地守护着你
我用些微　那仅有的
一点点肥照料你　其实我已想不起你的长相
而只有你拥着爱的点点记忆

啊，请别责怪我
用窥视掠取你的信息
这些我从爱那里不经意捕捉的信息
我将这些碎片　动用
我人生的所有经验将你拼成一个形象
让你在我给你的土壤里成长

我培育着你的高贵　用你的成长方式
你的特质　品格
你年轻的生命中前方那颗燃烧着的星火
你彻夜努力的身影　坚毅　信心
还有上帝给你的饱满的额头
我眼里无与伦比的智慧

我希望爱可以与你同行

我生命里最沉重的疼

可以放在你的掌心

在你的生命中被呵护疼爱　那份

爱向往中的精彩人生

可以载着一只美丽的小船

在我欣慰的目光中快乐地荡漾

如果可以这样　我要

如何感谢上帝给我的垂顾

但你和我一样　觉得幸福依然有些遥远

有时，我想象你正在横冲直撞

当爱变得模糊　你丢弃高傲的盔甲

追赶在十二月的寒风里

你为此付出的代价

感觉精疲力竭　抑或

再次扬起顽强的风帆

当你被希望和绝望撕扯时

你不知道我也在疼　爱知道

可是你拒绝了我的双手

你拒绝亲情

拒绝也许可以架起的一座纤桥

这是你的盔甲吗？爱说其实你也乐过一会

你一定知道远方有多远

知道爱在那里
但也许你不知道自己可以走多远
而我只知道我的手伸在那里
但愿不被冻成雕塑

你逃无可逃

明明那么喜欢你
明明那么清晰　静夜里为何想不起你的面容
我问爱

你懂夜晚的美妙　懂月光下的雪
懂如何让我欢心　如何挣脱我铺设的小陷阱
所以在听江南雪的故事时
狡黠地落在后头　用脚雪中拼爱的字幕
你成功地从陷阱里逃脱　扬扬脸
说柔情似水的爱是块旱冰
比北方的雪更难融化

我知道你在娇嗔　却不知如何再次证实
爱

我知道你视爱如命
用北方白桦树的方式　是啊
连你的头发也像笔直的树干
挥动着青春任性的鞭子
指挥爱的千军万马

搅动一汪南方的柔水
让爱成了不竭的泪泉

原谅我　在你的成长中策划的阴谋
你的每一滴眼泪中
我因爱因看不清你的脸而谋划的政变
你整个冬天里险些掉入的一次次陷阱
直至此刻　我让你的每一次蜕皮生痛
义无反顾　不遗余力
我要你无所畏惧
只有这样你才配我的爱

我要如何述说因爱而生的忧虑
因自私　成长　眼泪　思念而生的痛
爱的分裂　那一不小心踩下的雷
我听见轰然倒下的门　决堤的水　茫茫人海中
孤独的影　滴血的伤口
不是你就是爱和我
或者你　爱　我

你不知道我正在织的一张张更大的网
你挣脱的时候　爱便落入陷阱
受伤的都是爱　血一滴滴往心脏外涌
你听不到爱在深夜的呻吟　而只想
有更多爱的安抚　于爱而言的枷锁
我的痛

你不知道你拒绝的生活中　爱
已落入精彩的序幕
你逃无可逃　你明白吗
生命里当你沿途揽着爱时
痛的是爱
流泪　一路惊恐的是我

你准备好了吗

我生疼的心　生命
所有欢乐　希望　骄傲　欣慰
每时每刻每分每秒都因为你

我知你有足够的美丽　柔情　善良和智慧
掬住每天的第一缕阳光
让春天育满花香
爱如大海如云如丝丝温柔的雨舞动的雪花
你要如何拥有都可以
我都给你

你沉浸在爱的蜜之中　如快乐的小燕
我多想你是小燕背着沉沉的行李
飞越你向往的远方　我记得
在神秘的意大利花园　哦　你坐在马车上的脸
浴在晨曦金色的光环里
还有那个远古的玛雅人　狮身人面像
伊斯坦布尔的呼愁小巷　晶莹的贝加尔湖
梦一样的精彩人生

如一扇门吸引着你去打开

你是可爱的小宇宙
每分每秒分裂着爱的质子核子
你每一声柔情的呼唤中我都能分辨爱的味道
每一丝酸甜苦辣
爱在你那里欲罢不能　你小小的翅膀
哦　每一次扇动都是我流泪的理由
你不知道你在自己的人生里
不经意地创造着一个个动人心魄的故事
你把我带入你精彩的故事里
分不清喜乐忧伤　我的脚从此穿上了雪鞋
行走在结冰的雪地

我知道你想飞翔　你想飞多高
彩虹一次次从你眼前滑过
你忧伤起来变成个小泪人
那都是因为爱　爱有时成了枷锁
你沉醉在爱温暖的酒里任快乐和痛苦交织着
你拒绝从温暖的酒里，从枷锁里醒来
无视我的心生生地疼　流血

可谁又能证明我对你错，抑或你对我错
我们拿着欲望的金苹果
每一个起心动念都是不同的目的地
无法回头

每一步都是站在飞机的窗口
闭上眼等待心下达指令

宝贝
你准备好带我跳了吗

宝贝

一

宝贝
扯断一根线和心脏遇刺没什么分别
天刚暗下来,你的双眼
又开始蓄满泪水
雪舞动的影子在里面进出
躲躲闪闪,仿佛远古的寓言
在十八岁撞响寺院的钟
我好困,想去睡梦中等待一个声音
用它捂住伤口
看明天生长出什么奇葩

二

宝贝,雪已安静下来
月亮再过三天又会圆满

你看到的星星,正在赶往亚布力
宝贝,冬天的夜晚
如果雪的愿望是成为坚冰
你会是清晨的雪松吗

宝贝,南方又在下雨
我的身体正在瓦解
我指挥不动一匹脱缰的马
夜长昼短,如果我命悬一线
如果　我等不到
雪的信息,宝贝
你还会坚守爱
离我而去

三

宝贝,我们是否带回了雪
你在雪上嗅出的春天
我替你焐着,但愿不是一朵奇葩
江南,春已迢遥而来
我的院子昨夜降落了紫罗兰
还有粉色的玫瑰
江南的雪悬在半空,宝贝
可我走不出亚布力的那晚
我们在雪中散步,雪

透着莹洁的光,月亮好圆
有人在雪上拼写名字
是谁　我说
因江南的雪　女子都柔情似水
宝贝,你的眼泪呢
为何藏在深夜
你的微笑呢　为何
生长着透明的黑暗
我们遗失了雪吗
还是你已将雪留在了亚布力
从此
无法提及

四

宝贝,你终于想起我
雪夜,苹果半黑半白
窗帘洞穿了月色
今晚谁与雪共舞
那个等你的人还坐在一杯酒前

刀子插在这样的季节
不是谁的错
雪还是如此宁静完美纤尘不染
如同爱

但原野真的看不见了
江河湖泊真的分不清了
明天　雪橇会留下一道浅痕
然后又被雪覆盖

你终于想起我了宝贝
如同一份乡愁
不知我是你乡愁中的爱还是恨

第五辑

我的老母亲她坐在鉴湖边等我

我的老母亲她坐在鉴湖边等我

唯有雪如期而至　在我的鉴湖
老母日趋颤巍　她用含糊不清的声音
她故意揣摩我对雪的愿想
落雪了……
又是一年了……
我很好不用挂念……

我的老母亲现在如一条瘦河水
身上的树叶每天被寒风吹零
老母坐在鉴湖边
挤她快干了的血
她身上的养分就是用铿锵的声音
向我们问好

我告诉老母　如今我也是一条河啊
你流向鉴湖时，我们正在流向你
我说母亲　你别流太快
等我们一起流到你怀里

我的老母亲现在如一片暮色中的天空

身上的羽毛每天都在凋零
老母亲坐在鉴湖边
追赶南飞的雁影
她用清晰的声音告诉我
天黑得太快你的衣衫够不够暖

我告诉老母　如今我也是你的一片天空
等我把诗歌整理收藏好
我来陪你坐在鉴湖边

我的老母亲现在是一条灰色的棉絮被
棉籽早已发霉
老母亲坐在鉴湖边抚河晒太阳
她用坚强的声音告诉我
还有最后一颗牙

我告诉老母　如今我还记得你背我去医院打针的情景
我嘴里仍留着那篮甘蔗的甜
……

我的老母亲坐在鉴湖边　对我笑笑
宽慰我
很好　很好

雪如期而至
鉴湖水如斯流淌

春天的诗(四首)

海棠

以站牌为界

车窗内我横扫整条街
护城河帆船点点
岸边
柳丝与黄馨欢逐
腊梅作别樱花
我扫过有你身影的弄堂
咖啡屋　玉兰树　宋梅桥
连同整个城市
整个春天
整颗生疼的心

我欣慰我可以如此平静地
与你谈笑风生
回忆过去如看风拂麦田
追问结局如看雨从天降

甚至看你的双眼时
也能抚住心跳

以站牌为界
以我跳上公交车那一刻为界
人生又一次定格在初春的某个午后
春风里　烟花沉醉扬州
我的身后
你面朝南怅然在站牌下
一树海棠在远方迎风招展

春天

春天是一场夜雨
雨打芭蕉
淋湿三更的梦

春天是映山红的花香
漫过黄昏
一双徘徊在你屋前的足印

春天是一扇落寞的窗
风过雁行无处留痕

春天是一双女人的泪眼

望穿岁月一步三回头

跟着我走

只是远处的一片浅黄
已让我魂绕梦牵
梅
你还站在枝头
抑或跟随三月的倩影
诵唱昨夜被雨淋湿的梦

我已走不出梨花的青涩
走不出一粒慧心的种子
落在晨的小路

小草醒了
小鸟醒了
田野里农人正在忙着春耕
春花正忙着招蜂惹蝶
陆游的红酥手被黄縢酒醉
鉴湖……

梅
雾霭已锁不住木棉朵朵
春雨敲窗

润绿一坡一坡山地

河已解冻唐诗宋词已解冻

爱情已解冻

自由已解冻

你还躲在勒杜鹃的幽思

玫瑰的骄傲里

快跟着我走

一日千里

去赴江南的约

今晚

在 D3216 次动车上

雨在窗外

三月在窗外

油菜花在窗外

农人的耕作在窗外

风景在流动

岁月在流动

同座的重感冒在流动

男人们的大山在流动

一颗飞扬的心在流动

你在江南的站台若隐若现

在车窗上闪闪烁烁

在车厢里进进出出

故乡（三首）

寻寻觅觅

一脚错进梦的领地
春雨弱柳中
我寻寻觅觅

陌生的街道巷子里
寻找一扇旧门一张旧脸
一座水渠街角的小桥

斜趄进依稀的台门
独孤的腰门被狗吠声打开
你失聪的笑脸迎出来
却分明认不出我

我记得的人已挂在墙上
我熟悉的天井已长满青苔
泥地上我写父亲母亲的名字
一笔一画

只为唤醒你记忆中
我遥远的小影子

寻寻觅觅
我在梦的领地寻找斑驳的旧墙内
若隐若现的往事
和懵懂的初梦

踯躅在故乡的街头
连同你也仿佛起来
一足高一足低
我捂着你仅存的记忆
如获至宝
乡音亲乡音怯
心开始哭泣
为我再牵不住故乡的衣角
从此真成了浪迹天涯的人

昨日重现

春天有许多事情要做
比如回忆油菜花一样的你

只须一杯淡酒
一场烟濛细雨
一把红伞

泥径和杨柳足够酒力
足够我从最深的睡眠里
将你叫醒
吹去岁月的尘埃
重现昨日

其实我几乎已忘了你的容貌
你脑袋里的智慧
以及爱我的程度
我也说不清是否仍爱你如初
我在众多的往事里牵住你
让你成为春天的一部分
你从前是我孤独的一部分
现在是我酒蕴的一部分
以后也许是咖啡的一部分
但我不希望你成为我诗的一部分
不是我年老时炉火的一部分

我只想你出现在春天
腊梅褪去后原野一片草色
我在雨夜在杏花梨花中
听到你唤我的声音

你处处在

我知道站得越高我就越能看清你

看清你在我心底的分量

但我看你是秘密

雨还在下

气温刚催开山杜鹃的窈窕

又骤降

我从父亲的墓前回来

看你已是夜晚

你熟睡的梦里遇见了谁

我分辨你在夜雨惊梦时

在清晨的雾霭中

在举目的塔山斜径

在勾践的望海亭秋瑾的风雨亭

在羲之的戒珠寺在文长的青藤书屋

在八字桥在大木桥

在枕河人家

在雨巷

在醉着的鱼虾蟹里

……

你处处在

又处处正在离开

雨声淅沥

无人告诉你故人已踏雨而来

木门虚掩

你微信上唤我的声音在耳边

但你听不到我的脚步

我的心跳

\

我正哗哗流淌的眼泪
我站在咸亨酒店十四楼的窗口
与你对望
雨落在我们中间
樱花开在身后
鉴湖水正涨向两岸
载过鲁迅的乌篷船又将启程

我不知道自己是不是春天里
满坡疯长的寻娘笋
是不是心底最后的归宿和慰藉
来看你
看你又徘徊在你门前窗下
念你又不敢轻敲门扉

不是昨日的雨
却是昨日的风
不是昨日的貌
却是昨日的情
只好看着雨巷
看一辆自行车的背影远去
又走来撑伞的身影

那个人或许就是你
低着头
向我正面走来
又擦肩而过

给父亲

爸爸
清明不是悲伤的日子
山树开满了白色小花
紫藤正蔓向您的墓碑
远处
湖水倒映着青松翠柏
映山红追赶着春笋的脚步

爸爸
清明也是您的节日
我们带来了酒　艾做的糯米糕
还邀请了土地爷
子女儿孙全部到齐
跟着母亲拱手您的周围

爸爸
我们不断地向您倾倒内心的自私
已习惯于您给我们遮风挡雨

爸爸

四月的天空依然烟雨蒙蒙

您门前的青松已高于头顶

我们才想起

这五年您过得好吗

血压正常吗

每顿一小盅酒还喝吗

老朋友相聚吗

还有找到了爷爷奶奶和大伯了吗

爸爸

我们终于忆起了你的渔竿和猎枪

阳台上的花草

每一句人生忠告

爸爸

能这样和您相处多么美好

家里的男儿都长成了您的期望

您现在已是曾外公

您最小的外甥女也已长成美丽的女孩

而我继承了您养花的喜好

我折来了您的杏花和月季

还有这首诗

想念鉴湖

列队的雁

飞过春夏秋冬

飞过云

飞过我踯躅的头顶

飞过我积郁的向往

这个城市

有九里香　棕榈树　勒杜鹃

风从南海的深处徐徐吹来

我知道　河水

是一条白色的长练

会从南慢慢绕向东海

会有起自东海深处的风

吹向海边的河

再深入我的鉴湖

你的心

隔着一个方向

从东到南　风在夏日急速打弯

我有雨的时候　你
是晴天
我牵挂你的时候　你
也许在读南方的雨
就像今天　梅雨季节
我突然　想读北飞的大雁

面对南方的蓝天　我无法明白
选择的永恒
一如水在深潭的回旋
搅动地心

想念太深　胆怯会如淤泥
滑入破碎的裂缝
和着泣血砌成一堵厚厚的墙
在佳日
遥望鉴湖
闭上眼

万绿湖（外一首）

万绿湖

涟涟的不只是你的波
还有你青绿深厚的魂
被五月的梦境包围
游人的马蹄不再朝前
水漉里我看见你轻盈的影
一如灵魂的呼唤

我的小舟已停泊岸边
靠近你的一刻
我已将心之窗打开
我的心是蝶儿的双翅
今天你是绿色的花海

有多少歌声飞入你宽宽的胸怀
被你的深远陶醉
为你的清丽驻足
踏入你湖心的一刻

我已是一位忧伤的恋人
因爱而泣啊　何时我能拥有你的一掬清水
洗濯内心积郁的情怀
把你当成我可以慰藉的肩膀
依偎在你的胸前　如翠鸟般对你鸣唱
心中的秘密

而你的沉默是另一种暗示吗
让风吹开一道道波纹
让山站成一湾湾等待
告诉我　回眸的一瞬间
我又是一个钟情于你的人儿
也将用一生读你深藏不露的情感

苏家围

沿着竹林的曲径一步步深入
篱笆　水　翠竹已挡不住沉郁的古风
挡不住我想起你
我知道你爱竹——
宁可食无肉不能没有竹
你长袖吟风　字字珠玑的面容已刻上永恒

但今天我只是一个好奇的过客
驻足在念你的旧祠堂前

读被岁月蚀食着的古朴心愿

但我的脚步是轻盈的
这只是个让我又一次想起你的地方
在五月的花香中游荡这条鹅卵石小路
我不用想象你一次次被贬谪的痛楚
而只需穿过历史
将心停靠在你的肩膀作一次小歇
或者将目光凝视那条河流
在闭上眼的一刻
为你刚正不阿、高风亮节的人生
作一次感伤的停留

我只需记住
你的存在就像这堵斑驳的泥墙站在岁月之隅
你的足迹真的留在这片土地稍远处的应德和惠州
而我只是一个浅读过中国文学史
喜欢你的《定风波》的读者
走过历史时我们已将你的名字带走
直到我们消失于斯

爆米花

柳树花开的季节
爆米花的人如约来了

鲜艳的炉火
一拉一推
女人的脸就生辉起来
初春的傍晚就温暖起来

你由远而近
越来越真切

右手拉风箱的女人
左手旋转手柄如侍候男人般温柔娴熟
如哺育孩子般勤劳快乐

夜色里世界只剩
一盏街灯
一炉红火
一个忙碌的男人
一个快乐的女人

一个梦
一个世界
整个人类

一颗想念你的心

我忘了

吃最后一颗杏果的滋味和喝酒差不多
甜和醉都会激发荷尔蒙
孤独和忧伤会穿堂而入

我已习惯隐藏春天里复发生疼的伤口
甚至伪装年龄　青春
游走在人群里消磨最微不足道的纠结
像一个市井女子
将生活放在口中

我已习惯将你藏入杏果坚硬的核内
只享受田园的质朴与劳作
享受淡泊　以及
整夜无梦的宁静

但诗歌除外
一扇温暖而幸福的小窗
我要向你微笑
向你奔跑

可是我全然忘了
喝酒会脸红
更忘了
咬碎杏果坚硬核的后果

七仙女（七首）

小小树

从天空回归大地
我走了三十年
三十年许多人的一生
而我如昨天
如一晚
从梦的这头走到另一头
醒来　血冷了　泪干了
心空了

只一晚
我的一世
遗失在那片晴空里
都说晴空就万里
万里路　如今你走了几许
你走出我的心绪
成了无际的星空
而我

只想做一棵长不大的小小树了

小小树　只渴望
春的抚慰　夏的安慰
秋的快乐　冬的呵护
不再用成长的梦
触摸蓝天
只想藏在　朝露　微风　细雨中
直到有一天　累了
躲进泥土
再去找你

木棉

总有个声音
引领我　去
黑暗中寻找
那个神灵
那注清泉　那棵小草
那缕光
但我常常迷失在
春天的草长中
迷失在鲜花和风的轻抚
迷失在母亲的温暖里
世界和人生

在忙碌的奔波中

你总是若隐若现
如爱人的手掌　轻吻
清晰又遥远
甜蜜又苦涩

那道门
充满枷锁的诱惑
让我在酒香里沉沦
辗转反侧
挣扎
活着却想寻找死亡的感觉
寻找涅槃

因为我不是佛世界里的
那粒沙
而是木棉

绿叶

听惯了风的歌唱
我开始寻找鸟的足迹
水　泥土　几万年前不经意的
发现　所有生和灵的孕育

色彩　芬芳　果实……生命之根
你我的神秘领地——

上帝睡梦里又一个伊甸园

没日没夜
我们踯躅　欢逐在
前世的梦里
探索生命的秘密　并
合二为一

但我愿意你是那朵最艳丽独特的花
让我用女人的全部美丽质朴勇敢温柔
映亮你的人生和世界
然后在秋天一同收获梦想的果实

这是我的秘密
在每个夜晚
悄悄潜入你的心房
月色下看你甜蜜安详的脸

我用这样的爱
与你相伴一生
融化你心中被沉郁　悲伤　孤独
侵蚀的记忆

小草

我只想以这种姿态面对你
你会读到谦卑　渺小　不堪一击
背负着一阵风　一滴雨
甚至一只虫蚁邪恶的命运

但或许你会发现我的质朴　可爱　坚韧
看到早春我开放的美丽
那时的你
一定亲切如蝶
你蹲下身子屈起膝盖
双眼充满柔情和爱意
你的心温暖　善良　高贵

在你的爱抚下
我的梦开始成长　在星夜
从泥土里
拽出长裙
晨曦里浸满春意　太阳的手
抚遍我全身的每一根经络
你会发现　一棵小草的姿态
不亚于一棵挺拔的树
一只向往远翔
安详母仪的鸽子

梅

孩子中的长女啊　被母亲
引往季节的尽头
一颦一笑　随风来去
梅心点点
只向雪微笑
雍容和美丽
让冬不失最后的风韵

没人知道　你
选择苦寒的秘密
夜的孤寂
刻骨铭心的人
为谁香幽远逸

姐妹中的大姐啊
把冬天烘得温和
把姐妹护得紧密
生命中快乐可以在每个年龄
重新出发

你之后
小小树发芽了
绿叶绽放了

小草醒了
另一个叫令子的妹妹
牵着往昔在远处呼愁

你温厚沉重又智慧敏捷
长女和长姐的使命
让你手托天空脚踩大地
每分每秒在金鸡独立中

但你笑笑　说
我托住的是一树桃花
春快来了

凤

没人看见过你
你还是一颗坚实的核
深藏在快乐的深处
用一只眼撩开冬的厚帘
窥视
这个世界
这个快乐中心
人类的梦想
女人的宿命

最小的妹妹
姐姐们心底最疼爱的妹妹

最小的妹妹
姐姐们愿意把
所有的任性
所有的美丽
梦　理想　快乐……
留给你

可你总在寻找火
从这扇门到另一扇门
这个山坡到另一个山坡
披星戴月
裙裾飘逸
双眼溢满坚韧
渴望涅槃

最小的妹妹
众神眼里的牧神
众男子心里的七仙女
无数双眼睛无数颗心　向往
你的爱
你心底最温柔的秘密　眼泪　梦　欢笑

最小的妹妹
芍药花一样雍容华贵的妹妹

你在等谁
你要为谁涅槃

海洋

如果海可以丈量
如果洋可以梦想
如果我的心
你能读懂

不要在我的言语中寻找
我的梦不躲藏在风的轻语
草的谦卑中
也不在我每天
行走的星光月色里

篱笆　墙　牵牛和玫瑰
如果你看得见
甚至我足下的脚印　泥土
我撒下的笑声
我的爱
是无花的果和无影的香
这是我最圣洁的灵
每天早晨
每个夜晚

我将它供奉在天之上
那是一条你一同走的路

我在学会爱你
真正的爱
以诚相待
彼此信任
尊重和理解
包容和爱抚

海一样的胸怀
洋一样的虔诚
我在学会
这样与你相处
这样奉献我的灵魂

太阳雪

怎么看,都是温柔的乱箭
穿越我心

太阳刚刚还在
华灯未上

你来向我报春
还是赴久违的约

你知道
爱已远逝

爱已远逝了吗?
我伸开双臂迎接你
入心即化　啊
你挥舞无数乱箭
每一片每一朵　都
击中要害
时间并非止血的纱布
你看到了吧

那是我长肉有血的灵魂

被禁锢的是你还是我
拉上玻璃门
你仍向我奔跑

我们在两个世界里汹涌
而我终于学会
与你相惜

有谁知道
我们可以沐浴在太阳的光辉里
相守
恬静　淡定　从容

星星索

一樽时间的酒杯
一种亘古不变的迹象
一幅高挂头顶的美丽图画
一条无穷延伸　消失
令人恐惧又兴奋的太空路

人子　一千次跪叩
仍无法打开的门

坐在水边读你　像读圣灵
晨风唱响柳树的私语
我收藏太阳的金光　一如
你的肌肤　血脉　昨晚的气息
战争　以及细胞
裂变后的再次复制或凝聚

闭上眼　我愿一生被你垂顾
彼此举起时间的酒杯
并将血和在一起
这是又一次的天人合作

从先人　古籍　高倍望远镜中飘摇而下
如树叶　在金秋的闪亮
但我不掠夺你的神秘　高智

你清晰如灵　将
意念通过云层　落下
抽不断的雨丝　在
我的心里积成晒不干的水洼

想起你　我就想起
星云的浩瀚　神秘
许多人子的智慧无法触及的谜底
一如欲望之花在咫尺之外
你永远是银河之外的仙女座宇宙
在我的遥望　想象之外
闪烁

第六辑

给你的诗

给——

也许
我不该再来叩你的门
在你刚刚平静的港湾
投一船泥砾
就这样
让时间去填补
那两个雨夜踏出的尾声

但是
季节和风剥落的
不是梧桐的年轮
如今
我又执着地走来了
沿着青砖路那一片曲折

愿时间
如同筛落我的问号那样
筛落你的断续号
假如可能
一同去拣回
那个遗忘了一个夏季的主题

牵着小女孩

等谁

面对你透明的童音
我无法纺织谎话
能告诉你什么呢
你这么小

牵着你柔柔的手
烟蒂烧着了手指
这一片大大的庭院
你会有采不完的牵牛花和
听不完的大灰狼故事
我只有走不厌的这竹林
……

总感到庭院太幽太深
——今晚
不敢回头看独自亮着的灯
门是开着的
却不是为了

让你踩下两个脚印

等谁呢
蝈蝈无伴奏的独唱开始了
你妈妈开始在远处叫你的小名

给你的诗

抖索着身子
去温暖孤寂的长椅
呆呆地看着阴天的风景
沉思读过一千遍的诗
窗玻璃上呵出空间
用手轻轻写一行字
放进抽屉

别

已无力接你开的玩笑
我害怕一抬头
便碰上你出发的列车
传来悠远的汽笛

能赠你的
只有这段二百米的路程
一串沉重得无法抬起的脚步

所有的话都是多余了
即使你要说我也听不进
只想告诉你
上了这趟列车
你便是森林里的青鸟了

我只怕
无意中抬头时
已是满树瘦叶

走了

走了
站在窗前
看风唱落叶的挽歌
听不见树在哭泣
听不见车轮飞旋按响的铃声

走了

白昼
拉不灭白炽灯的光晕
风
总是悄然吹开门扉
一个人时
禁不住顺着墙缘
独自听徘徊的足音
走了又想寻觅
虽然硬硬的口气总是另一种回答

陷阱

总是在雨临时
你漂亮的男低音
提住我踌躇的裙裾

总是不给你谢谢以外的声音
接过你殷殷递来的伞
走入雨中

无须回头看你
是否淋在雨中
就这样
踏过水洼,留给你
一片啪叽啪叽的得意

凉凉的雨珠沿伞骨滑下
滴入手心的是
蓝蓝的分量

归家的路便在这个时候延伸
一路编织
某场南方阵雨的结尾

给你

深夜
总有一阵风铃摇响我的窗户

春天到了
思绪和身子一起
沐浴在暖暖的阳光里
让往事抠出的冰
一滴滴消融

从你的信中
我成倍地感受勒进血液的缠绵
真想对你说
但说什么呢
一百句话
还不如一次意会一次握手
更能震撼心灵
世界上能帮助你的
是你自己

海是蔚蓝而深邃的

山同样深远而清新
你的足迹你走过的路
人们无法
感受完整
如同我的心

夏日偶拾

没有山径可走
让你云一样出岫

爱如鞭子
使我的夜晚因痛而无法入眠
凭窗或者驻足
我孤独中的马匹圣洁无比

想做一只长鸣夏日的蝉
站在高高的枝头歌唱爱情
让屋檐下的你快乐无比
或者一只众禽啁啾外的小虫
起自草丛的低鸣
让你想起爱过的人

像吃水果一样
我们将嚼不烂的核吐出
谁知影子如芽

在有土的地方悄然生长

没有山径可走
贫穷是说服自己的理由

七月

因你黯然
七月流火的日子

洪峰在无星的夜晚闪烁
决开的堤倾泻
七月被水淹没被水并吞

长堤边
人站成无桨的船
而你瘦瘦的影子拉长了河水

爱一个人使我对世界充满了友爱
爱一个人使我时常产生毁灭

七月
世界在骄阳下燃烧
世界在洪水中挣扎

七月恸哭是心的一阵阵搅痛
如果我看见你站在风中梧桐树下

祈祷的日子是身后的尘土
回过头
世界影子一片

梅雨季节

只轻轻的一叩
断了
誓言如秋天的黄叶

独坐冷椅
有纷乱的脚步踏碎平静
我的面前挥舞着无数双纤手
而你和我一样　在
南方的椰子树下　举棋不定

南方　季节无法修改语言
因此你用同一种姿势表达
——繁茂或者浪漫
而北方的山爱向西增长
贫瘠和朴实　在寒冷的气候
生长雪莲和奶

我的柔美的江南
生命在梅雨季节
没有人知道季节过后的收成

那绵绵不断的雨丝
如何在心灵织出生命的绸缎

而花朵和果实依然　在
南方和北方　焦灼
即使南方和北方不再爱我

爱人你站在高高的山峰

消失在贫瘠的山麓后
你和山一起蜕变

新的悸动重又出现在梦醒后
环视世界
一只称为孤独的虫爬上心率

爱人　山峰上你的影子
旌旗飘扬
你乘坐的马车闪射万道银光
在一条母亲河边
我的马停留了很久

我的身体已经残缺
我畏缩的灵魂不敢轻叩你的子夜
我不敢说爱
我不能听到爱

死神在悄然临近我
我听到肉腐烂的声音

一只夜莺飞过

无数次夜莺飞过

……

爱人你站在高高的山峰

秋天来临

水中沐浴使你倍感亲切
盘腿的姿势
如胎儿安坐母腹

我自高空飞越你的城堡
我深爱的秋天
将在明天与我见面

明天
肩膀的纬度是否已长成你的希望
还有你的手掌
我的生命全在秋天
我的美
枫叶背后的秋意
将同我一起注视你的行踪

走过草荄
斜遁的鹰影黯然秋苇
江水浅瘦浊浑

秋因为爱而伤痕累累

仰躺于夏夜想象深秋
秋天与我幽会

断枝

折断了　只好
你一半　我一半
插入花盆还是
晒干了一把火烧掉
随你的便

肯定
我的一半会生根

有一天　我们说不定
在一棵老去的树前见面
我将用微笑种在你追忆的脸上

如果你读得出
我眼里
有断枝生长的绿荫

明天

请把你的手伸给我
让我丈量你的掌心
能否栽种满地绿荫

如果你能够
因此而按住世界倾斜的目光
挡住厉风　忽视我缠绵的哭泣
——走向天空
敢在静静的黑夜
唱个天翻地覆
那么亲爱的
我愿依偎你怀里
成为温柔的百合
目光和嘴唇
翘向你宽宽的额
在你辛勤的码头
成为青鸟给你飞翔

请把你的肩膀靠近我
让我丈量你的纬度

看能否
　　　天
　　明
　起
托

三月梨花

梨花开满庭院
我和墙　组成一片洁白
我和洁白走进春天

春天里我们是梨花的朋友
你告诉我
你的衣衫让你不够度过
南方三月的花夜

我不敢说
你的选择使人心酸使人落泪
你诚如月光的透明
叫我满心的梨花
变成祭品

对你我无话可说
真的
我甚至不敢多看你几眼
怕的是我会无力支撑信念
我们曾从绿色的春天里嬉逐出来

拿着一打彩色的日子
有谁能预料

洁白的梨花是神
所以我们谁都可能成为罪人

上帝
求您赐予吧

秋意

雨夜醒来
蓦觉凉气袭人
推窗见梧桐又添一件黄衣

忍不住驻足你的窗下
寻梦
你跨越季节凭窗的姿势
如雾
无伞的季节
我整头长发蓄满水滴

沙堆前用脚拼你的名字你的葱茏
又用手轻轻握紧你
问
哪一片是你的甘愿

风在河边
柳丝和你一样凄切
那只少女祈祷的手
掩在红枫的背后

什么时候起
你黄昏的红颜渗出忧郁
我不敢用美丽壮观喊你

沃拉斯达的歌

古老的伏尔塔瓦河左岸
忧郁的音乐响起
沃拉斯达①拖着美丽的长发
在河边哭泣

雄壮的伏尔塔瓦河
俊的伏尔塔瓦河
我曾以我的战袍威风过你
为了复仇为了我昔日的力量
我以李卜西②的英明强悍占有你
那个威风的年代
我的声音盖过你的咆哮
如今
我的泪已使你的血液汹涌

女人注定有以泪洗面的时候

---

① 沃拉斯达:李卜西的大臣,李死后她率领女子在伏尔塔瓦河左岸建立"姑娘城堡"和男子作战。后因"姑娘"想念家乡和亲人,中了男子们唱着情歌呼唤她们回去的计,不战而败。
② 李卜西:捷克九世纪母系氏族时的女王。

我坚不可摧的勇悍
融化于月圆的银辉
只因为我们爱听
《小鸽子回来》的歌

歌声在你美丽的胸前飘荡
伏尔塔瓦河
你的柔情如神在我的心尖轻唤
我终于忘却"姑娘城堡"
忘却我手上那柄利剑

如梦初醒时
你的汹涌吞噬了我的骄傲
在你长鞭的惩策下
我的剑头落地

伏尔塔瓦河
如今我的裙裾移不出你的臂弯
只有在黄昏的清风中
我会想起岸边的城堡
以及那柄锋利的宝剑
女人注定是男人的俘虏
因为我是你身上的肋骨
虽然是我引你吃了那树上的果子

追踪蓝色

蓝色突然退位　晨的初曙
我梦中的花中之王
身披白色斗篷雾中隐现
根须伸在水之深处
而身边的红色一夜点亮

有雁被岩浆般的天幕逼退
下落不明

我在被岁月强迫拉入河中时
渴望重新降生
我在鸟儿被暗处的子弹射中之时
把童话带进天空

爱情苏醒的季节
我在你年轻的额上
阅读与你相爱的历程
我捕捉你的目光
目光中明亮的掠夺

我们会突然发现深爱秋天那样
深爱对方
如同智慧之星
叩开岩石的门

如此企盼着　用我全部的
智慧和狡黠
引你进入爱河

水

一

水汽覆盖着你
迷雾外
我用手轻抚你的美丽
和柔嫩

如此柔美的身体
你的向往如草生长
热爱自己
我由衷的感慨
胜你千倍

二

穿过人流
我水汽的身体开始蒸发

感觉如花开放

因为今天这个日子
你成为另一种境界
——我们没有贵贱只有美丽
从此　我将忽略你的容貌
欣赏你
如同欣赏我自己

三

静默地注视
音乐从你四周升起
我们合奏一支曲子
冬季渐渐远离

四

我将永远挽着你的手臂
感受肌肤的温暖
如果远行
我们只带着水同行
在水中栖息

在水中完善和欣赏自己

水如青春保养着我们
教会我们发现青春的无限
水是生命

这年夏季

我听见你在彻夜叫我
沙哑的声音裹满夏季风的燥热

我的灵魂徘徊在夏夜的星辰下
闭上眼
我满目是你翻跃的身影
你是一股炎热的回流
让我无法走进夏季的黎明

我记着这年的初夏
你背负你那无法卸下的包裹
去西部流浪
你的手和我的手一样软弱
当列车徐徐开动时
天空浮起的乌云
顿时窒息了整个站台
从此你就成了夏夜的知了
从此我的世界走不出
夏的炎热
夏的呼叫

故乡在你走后
落入荒漠
夏密密麻麻掩映了城市的小弄
说你不像是刚走
你在人们的心目中
因痕迹太深反而遗忘
你是个遥远的记忆

没有办法能让时间倒流
洗刷你的选择
甚至给我一次有力的握手
我只好猜测这声声呼唤
猜测你活着
这就够了

冬天来临

在城市的街头　傍晚
我想起远方你的手臂

风刮起梧桐风干的叶片
和天空一起走进苍白和空旷

所有的人携着浓缩的向往
走过我的面前
踏过我饥渴的心房

北方的冷空气就要南下
田野也将苍白一张纸
隐没啼鸣印满山雀觅食的脚印
和野兽的冒险

天空静寂山林静寂
心便裸在阳光下渴望温暖
这时候我最脆弱也最坚强

兄弟，穿好鞋子
我们一起走过冬天

冬天

冬天的最后一片树叶
和雨一起降落

冬天里的人总感到寒冷
冬天里的梦总衬着阳光

我行走在冬天里
风
是一种感觉

我渴望雪的心情
使我看见雪花漫飞的世界
那里有一块红纱巾
在风中飞扬

雨漫漫
冬天里最后一片叶子
躺在洁净的马路上

达芙奈

因为你　我才知道世界上
有一种长叶的东西称树
树上有花花上有香
因为你　我才知道世界有风
有春夏秋冬

达芙奈
我在冬天正午的阳台上追赶你

因为爱你
我精疲力竭
因为被你爱
我无法解脱
冬夜
寂寞是一道雪地的足印
因为悯我
我的床前才充满你的声音
我不明白
为什么　我要这样爱你
爱了你五千年　为什么

五千年后你才爱我
爱我可你依然是棵永远的树

达芙奈　达芙奈
我一生被你缠绕也将缠绕你
一生

菊花

静谧的夜晚
月光如雾映你洁白如雪

十一月的秋夜寒意如潮
你蕴含夏的热烈
展露给我生命的强盛
我的足音踏响小巷的岑寂
你玉洁冰清化作秋夜的呢喃
攫住我疲惫的双脚

尤其在夜里
开放是一种拥抱的姿势
一种生命的跳动和渴盼
一种失眠和等待

无人如我常在子夜走进你的花蕊
感受你的心诉

秋因此而步步远离
掩没小巷如铃的足音

今夜
流泪的同时
我看见你凋零的花瓣
握在我潮湿的掌心

花揪树

花揪树开处
众路隐没
我泪的晶莹在六月的潮湿里
折射
你藏匿树后的身影
六月　美丽的花揪树林
成片砍伐
和风送凉　你峻敏的目光
被花揪树叶雪般覆盖

隐匿到很深的岩底任浪拍击
每一丝回忆便是一次耗尽
一次分娩　血泪凄迷

独坐海边
你潋滟里洗濯的背景
为仙女谱曲
而我们共守两注水流
我殷切的企望如游魂
坚贞无比

飞鸿哀鸣　丛林缄默
六月　唯有
清月踏着焦黑的土与众灵握手
我听见你起自岩底的喊声
如伏尔塔瓦的咆哮
而我整河的哀泣
在六月被梅雨暴涨

身后一片荒凉
我轻如种子　飞旋
在广袤的旷野
我依然会长成挺拔的树
走进火种

后记

我记得那天是在绍兴市区的解放路,我碰到了同学秋苇,他问我是否愿意参加诗社,他们正找一位女性诗歌作者。我答应了。其实当时我并未写诗,而只是喜欢读《萌芽》杂志上刊登的诗歌。那是1986年秋天。我的诗歌梦从此开始。

我们的诗社名"星期三"诗社,每周三去当年在农业渔牧局工作的天目河家里聚会,带着自己的作品。我说自己是提着小板凳去参加诗歌小宴的人,开始边学习写诗,边接触并迈入当时正风起云涌的诗歌时代。

那时的《绍兴日报》每周有一期副刊,发表很纯很清新的文学作品,我的第一首诗发表在《绍兴日报》。

那个时代几乎所有的报纸都有副刊都登诗歌,所有的文学杂志都在举办诗歌大赛。绍兴的《野草》,杭州的《西湖》……我因此结识了越来越多的诗友。赵红尘和卢文丽是我参加"西湖诗船大赛"时结识的,我记得红尘因《中国农民油画》得了一等奖。而绍兴所有写诗的朋友都成了"星期三"诗社的朋友,就连我工作的上级单位人民银行浙江省分行的内部杂志《浙江金融》也有副刊版面,刊登散文诗歌。

我的人生由此改变。我从此被绍兴的许多年轻人羡慕喜欢。我记得,我们在当时的《野草》杂志主编陈雪村老师的帮助下,在鲁迅纪念馆开设了诗歌讲座,我讲了"女诗人的诗",教室里听众济济一堂。我知道他们并非喜欢我们,而是喜欢文学,喜欢诗歌。

而我一个人民银行的职员，居然被我们的行长谢有才先生批准带薪参加复旦作家班学习。当时他语重心长地对我说了许多我永远难忘的话！

那是我们怀念的时代。

那是值得我们怀念的时代。

由诗开始，我来到了复旦。

由诗开始，我脱离了一个女子平庸的日子。

由诗开始，我有了自己护卫梦、尊严、爱、生命的港湾。

谨以此集感谢我的老领导谢有才先生，感谢我的"星期三"及所有爱诗的朋友。特别感谢复旦，感恩复旦给我的一切……

图书在版编目（CIP）数据

一个人的爱情/阿婷著.-上海：上海文艺出版社.2019.8
（复旦大学中文系"高山流水"文丛）
ISBN 978-7-5321-7151-4
Ⅰ.①一… Ⅱ.①阿… Ⅲ.①诗集－中国－当代
Ⅳ.①I227
中国版本图书馆CIP数据核字(2019)第075850号

发 行 人：陈　徵
责任编辑：崔　莉
装帧设计：钟　颖

书　　名：一个人的爱情
作　　者：阿　婷
出　　版：上海世纪出版集团　上海文艺出版社
地　　址：上海绍兴路7号　200020
发　　行：上海文艺出版社发行中心发行
　　　　　上海市绍兴路50号　200020　www.ewen.co
印　　刷：杭州宏雅印刷有限公司
开　　本：890×1240　1/32
印　　张：10.875
字　　数：282,000
印　　次：2019年8月第1版　2019年8月第1次印刷
Ｉ Ｓ Ｂ Ｎ：978-7-5321-7151-4/I · 5717
定　　价：48.00元
告 读 者：如发现本书有质量问题请与印刷厂质量科联系　T:0512-52605406